CATALOGUE
DES LIVRES
DE LINGUISTIQUE
DE GÉOGRAPHIE, DE VOYAGES, D'HISTOIRE
DE BIOGRAPHIE ET DE BIBLIOGRAPHIE

COMPOSANT

LA BIBLIOTHÈQUE DE M***

DONT LA VENTE AURA LIEU

Le Lundi 23 Janvier 1882 et les jours suivants
à sept heures et demie précises du soir

Rue des Bons-Enfants, 28, maison Silvestre

(Salle n° 1)

Par le ministère de Me Maurice **DELESTRE**, commissaire-priseur,
successeur de M. Delbergue-Cormont,
rue Drouot, 27.

Lexicon heptaglotton de Castel. In-fol. — Hickesius. Lingua-
rum septentrionalium Thesaurus. 6 part. en 2 vol. in-fol.,
grand papier. — Thesaurus linguæ græcæ. _Didot,_ 9 vol. in-fol.
— Henri Estienne. La Précellence, 1579. In-8. — Lexicon
Balatronicum. In-8. — Dictionarium Scoto-Celticum. 2 vol.
in-4, grand pap. — Vocabolario della Crusca. 6 vol. in-fol.
Diccionario della lingua Castellana. 6 vol. in-fol. — Journal
Asiatique. 97 vol. in-8. — Shakespear. Dictionary Hindustani.
In-4. — Dictionarium linguæ Thaï. — De Guignes. Dictionnaire chinois. — Manuscrit Troano. 2 vol. in-4, fig. en couleurs. —Cosmographie de Munster. In-fol.—Voyage archéolog.
en Grèce, par Lebas. In-4. — Schilter. Thesaurus antiquitatum Teutonicarum. 3 vol. in-fol. — Saxonia, 1520. In-fol. —
Pierre Martyr, 1574. In-fol. — Biographie universelle. 85 vol.
in-8. — Moréri. 10 vol. in-fol. — Brunet. 6 vol. in-8. — Bourquelot. 6 vol. in-8, etc.

PARIS

ADOLPHE LABITTE

LIBRAIRE DE LA BIBLIOTHÈQUE NATIONALE

4, Rue de Lille, 4

—

1882

TABLE DES VACATIONS

CONDITIONS DE LA VENTE

La vente se fait expressément au comptant.

Les acquéreurs payeront 5 p. 100 en sus des enchères applicables aux frais.

Il y aura exposition chaque jour de vente, de 2 à 4 heures, des ouvrages qui seront vendus le soir.

Les articles adjugés devront être collationnés dans les vingt-quatre heures de l'adjudication; ce délai passé ou une fois sortis de la salle de vente, ils ne seront repris pour aucune cause.

M. Adolphe LABITTE, chargé de la vente, remplira les commissions des personnes qui ne pourraient y assister.

Paris. — Typogr. G. Chamerot, 19, rue des Saints-Pères. — 11792.

TABLE DES DIVISIONS

CATALOGUE
DES LIVRES
DE LINGUISTIQUE

DE GÉOGRAPHIE, DE VOYAGES, D'HISTOIRE,
DE BIOGRAPHIE ET DE BIBLIOGRAPHIE

COMPOSANT

LA BIBLIOTHÈQUE DE M***

LINGUISTIQUE

GÉNÉRALITÉS, POLYGLOTTES ET MÉLANGES

1. **Thresor des langues de cest univers**, contenant les origines, beautés, perfections, décadences, mutations, changements, conversions et ruines des langues, par M. Claude Duret, Bourbonnois, président à Moulins. *Cologne*, 1613, fort vol. in-4 bas. f.

    Petites déchirures au titre.

2. **Gemmulæ linguarum, latinæ, gallicæ, italicæ et germanicæ**, operâ Philippi Garnerii et L. Donati. *Lugd. Batavorum, apud Elzevirios (Non solus)*, 1641, in-12, texte à 2 col., demi-rel. bas.

3. **Essai synthétique sur l'origine et la formation des langues** (par l'abbé Copineau). *A Paris, chez Renault*, 1774, in-8, demi-rel. bas. f.

4. **Monde primitif analysé et comparé avec le monde moderne**, par M. Court de Gébelin. *Paris*, 1775-1779, 5 vol. in-4, v. rac.

    Origine du langage et de l'écriture, 1 vol. — Histoire du Calendrier,

1 vol. — Dictionnaire étymologique de la langue française, 1 vol. — Dictionnaire étymologique de la langue latine, 2 vol.

5. Histoire naturelle de la parole, ou Grammaire universelle, par Court de Gébelin, avec discours préliminaire et notes, par le comte Lanjuinais. *Paris, Plancher*, 1816, in-8, frontisp. gravé par Gautier, 3 planches de figures grav. v. racine, tr. marbr.

6. Mithridates, oder allgemeine Sprachenkun dem itdem Vater Unser als Sprachprobe in bey nahe fünfhundert Sprachen und Mundarten, von Johann Christoph Adelung. *Berlin*, 1806-1817, 5 tomes en 4 vol. in-8 demi-rel. v. viol. tr. jasp.

> Rare.
> Mithridate, ou Science générale des langues, avec l'Oraison dominicale dans près de cinq cents langues ou dialectes, publié et continué par J.-J. Vater.
> Ouvrage très-important, dont J.-Chr. Adelung n'a donné lui-même que le premier volume.

7. Nomenclator octilinguis ab Adriano Iunio, cui accessit alter Nomenclator e duobus veteribus glossariis Hermanni Germbergii. *S. l., Jacobus Stœr*, 1602, pet. in-8, vél. antiq. à recouvrement.

8. Ambrosii Calepini Dictionarium undecim linguarum ; respondent autem Latinis vocabulis : Hebraïca, Græca, Gallica, Italica, Germanica, Belgica, Hispanica, Polonica, Ungarica, Anglica, Onomasticum vero. *Basileæ*, 1605, in-fol. texte à 2 col., relié en bois, recouvert en veau, comp. à froid, fermoir en cuivre.

9. Lexicon heptaglotton, Hebraicum, Chaldaicum, Syriacum, Samaritanum, Æthiopicum, Arabicum et Persicum separatim. Cui accessit brevis et harmonica grammatica omnium præcedentium linguarum delineatio, authore Edmundo Castello. *Londini, Roycroft,* 1669, in-fol., texte à 3 col. portrait, v. gr. tr. dor.

> Rare.

10. Linguarum Vett. Septentrionalium Thesaurus grammatico-criticus et archæologicus, auctore Georgio Hickesio. *Oxoniæ, e theatro Sheldoniano*, 1703-1705, 6 part. en 2 vol. in-fol., portr. de Georges Hickes, par White, fleurons gravés sur titres, planches de fac-similés et de médailles, veau gran. fil. tr. jasp.

> Ouvrage très-estimé.
> Exemplaire en GRAND PAPIER (rare).

11. Dictionarium quadrilingue Latino-Ungarico-Græco-Germanicum, indiceque græco et germanico, duabus partibus distinctum, ab autoribus Alberto Molnar et Johanne Christophoro. *Noribergæ*, *Martin Endter*, 1708, 2 forts vol. in-8, texte à 2 col., bas. antiq.

12. Etymologicon magnum, or universal Etymological Dictionary, on a new plan with illustrations drawn from various languages : English, Gothic, Saxon, German, Danish, etc., Greek, Latin, French, Italian, Spanish, Galic, Irish, Welsh, Bretagne etc., the dialect of the Sclavonic and the eastern languages, Hebreu, Arabic, Persian, Sanscrit, Gipsey, Coptic, etc. *Cambridge*, 1800, in-4, demi-rel. v.

13. Neues Waaren Lexikon in zwölf Sprachen von Phil. Andr. Nemnich. *Hamburg*, 1821, 3 vol. pet. in-4, demi-rel. bas.

14. Dictionnaire de linguistique et de philologie comparée. Histoire de toutes les langues mortes et vivantes, ou traité complet d'idiomographie, par L.-F. Jéhan (de Saint-Clavien), publié par l'abbé Migne. *Paris*, 1858, grand in-8, texte à 2 colonnes, broch.

15. Dictionnaire comparé des langues française, italienne, espagnole, latine, allemande, anglaise, grecque, hébraïque et arabe, ramenées à leur unité primitive et naturelle, par E.-A. Drouin. *Caen*, 1866, gr. in-8, br.

15 *bis*. Colloquia et dictionariolum sex linguarum, latinæ, gallicæ, teutonicæ, hispanicæ, italicæ et anglicæ. *Cracovie*, *Stoer*, 1634, in-16 oblong, texte à 3 col., demi-rel. chagr. rouge.

16. Linguistique. — Recueil de diverses pièces en 1 vol. in-8, demi-rel.

Aperçu de l'origine des diverses écritures de l'ancien monde, par M. Klaproth. — Principes de l'étude comparative des langues, par le baron de Mérian. *Paris*, 1828. — Essai sur l'origine du langage et de l'écriture, par Martin de Paris. *Paris*, 1835. — Etc.

17. Recueil de 8 pièces diverses en 1 vol. in-4, demi-rel. bas.

Grammaire hébraïque en tableaux, par G. Audran. — Méthode abrégée pour apprendre à lire l'hébreu, par J. Crémieux. — Grammaire arabe en tableau, par G. Audran. — Etc.

18. Mélanges orientaux. — Recueil de diverses pièces en 1 vol. in-8, demi-rel. bas.

Garcin de Tassy. — Les auteurs hindoustanis et leurs ouvrages. *Paris*.

1855. — Chants populaires de l'Inde. — Légende de Sakuntala, d'après la version hindoue du Mahabarata. *Paris*, 1852. — Le Barrattement de la mer, extrait du Mahâbhârata, texte sanscrit avec la traduction française, par M. Ed. Lancereau. *Paris*, 1847. — Dernière Réponse à M. Stanislas Julien, par G. Pauthier. *Paris*, 1842. — Etc.

19. Projets pour perfectionner l'ortografe des langues d'Europe, par l'abbé de Saint-Pierre. *Paris, Briasson,* 1730, in-8, v. granit, dos orné.

20. Essai historique et philosophique sur les noms d'hommes, de peuples et de lieux, considérés dans leurs rapports avec la civilisation, par Eusèbe Salverte. *Paris, Bossange,* 1824, 2 vol. in-8, demi-rel. v. bleu, tr. jasp.

21. Litteratur der Grammatiken, Lexica und Wörtersamlungen aller Sprachen der Erde, von Johann Severin Vater. *Berlin,* 1847, in-8, demi-rel. v. bleu.

LANGUES D'EUROPE

Langue grecque.

22. Nouvelle Méthode pour apprendre facilement la langue grecque (par Lancelot, Arnauld et P. Nicole). *Paris, veuve Brocas,* 1754, in-8, v. fauve antiq. dent. sur les plats, tr. dor.

23. ARCADIUS, de Accentibus, e codicibus Parisinis primum edid. Henr. Barkerus. *Lipsiæ,* 1820, in-8, demi-rel. v. r. n. rog. (*Simier.*)

. Exemplaire en papier vélin.

24. Grammaire grecque, contenant les dialectes et la différence avec le grec vulgaire, par Mynoïde Minas. *Paris, Bossange,* 1828, in-8, demi-rel. bas., tr. jasp.

25. Grammaire grecque universelle, ou Méthode pour étudier la langue grecque ancienne et moderne, par Georges Théocharoupoulos de Patras. Première partie:Lexicologie. *Paris, Didot,* 1830, in-8, demi-rel. bas.

26. Grammaire grecque systématique et raisonnée pour les commençants et les gens du monde, et Dictionnaire étymologique de tous les mots français venant du grec ancien, par Marcella. *Paris, chez l'auteur,* 1841, 2 part. en 1 vol. in-8, broché.

27. Grundzüge der grieschischen Etymologie, von Georg
Curtius. *Leipzig,* 1863, gr. in-8, demi-rel. mar. bl. tr. sup.
dor.

28. Apollonius sophista. Lexicon græcum Iliadis et Odys-
seæ, gr. et lat. edidit d'Ansse de Villoison. *Lut. Paris.,*
1773, 2 vol. in-4 tirés in-fol. v. gran.

29. Photii Nomocanon, gr. *Romæ, typis collegii Urbani,*
1842, fort in-8, papier vélin, demi-rel. v. br. n. rog.
Spicilegium Romanum, t. VII.

30. THESAURUS GRÆCÆ LINGUÆ ab H. Stephano constructus,
post editionem Anglicam novis additamentis auctum, or-
dineque alphabetico digestum, tertio ediderunt Car. Bened.
Hase, Guill. et Ludovicus Dindorf. *Parisiis, excudebat
Ambr. Firm. Didot,* 1831 *et années suivantes,* 8 vol. in-fol.
texte à 2 col. demi-rel. v. rouge, tr. marbr.
Édition bien imprimée et sur papier vélin.
Le tome Ier est en 14 fascicules et le tome VIII en 8 fascicules (I à
VIII).
Les autres volumes sont reliés.

31. Lexicon græco-latinum ..... Joannis Scapulæ opera et
studio. *Basileæ,* s. a., fort vol. in-fol. texte à 2 col. v.
brun.

32. Ioannis Meursi Glossarium græco-barbarum. *Lugduni
Batavorum, apud Elzevirios,* 1614, in-4, texte à 2 colonnes, portrait, parch. antiq.

33. Dictionarium latinum, græco-barbarum et litterale, in
quo dictionibus latinis suæ quoque græcæ linguæ verna-
culæ nec non etiam litteralis voces respondent, auctore
Simone Portio. *Lutetiæ Parisiorum,* 1635, 2 parties en
1 vol. in-4, v. antiq. marbr.

34. Glossarium archæologicum : continens latino-barbara,
peregrina, obsoleta et novatæ significationis vocabula; authore Henrico Spelmanno, editio tertia, auctior et correc-
tior. *Londini, Bradyl,* 1687, in-fol. portrait, v. brun.
Cette édition est celle que l'on préfère parce qu'elle est la plus complète.

35. Cornelii Schrevelii Lexicon manuale græco-latinum et
latino-græcum. *Patavii, typis Seminarii,* 1752, in-fol.
texte à 3 col. pour la partie grecque-latine, et à 2 col.
pour la partie latine-grecque, vél. antiq. tr. marbr.

36. Kritisches-griechisch-deutsches Wörterbuch ausgear-

beitet von Johann Gottlob Schneider. *Leipzig, From-man,* 1805-1806, 2 part. en 1 vol. in-4, texte à 2 colonnes, demi-rel. bas.

37. Handwörterbuch der griechischen Sprache von Franz Passow. *Leipzig,* 1831, 2 tomes en 4 vol. in-8, texte à 2 col. demi-rel. v. gris, tr. marbr.

38. The illustrated Companion to the latin Dictionary and greek Lexicon, by Anthony Rich. *London, Longman,* 1849, in-8, texte à 2 col. nombr. figures, cartonné.

Langue latine.

39. Gerardi Joannis Vossii Etymologicon linguæ latinæ. *Lugduni,* 1664, in-fol. mar. r. antiq. (*Armes de la ville de Marseille sur les plats.*)

40. Nouvelle Méthode pour apprendre facilement la langue latine, mise en françois, avec un Traité de la poésie latine, etc.... (par Lancelot, Arnauld et P. Nicole). *Paris, Guil-lyn,* 1761, in-8, v. antiq. marbré.

41. Cours de latinité, par Vanière. *Paris, Boudet,* 1780-81, 10 cahiers en 5 vol. in-8, cartonn. tr. jasp.

42. Cours de langue latine, par Luneau de Boisjermain. *Paris,* 1787, 5 vol. in-8, demi-rel. bas. verte.

Le tome 1er est taché d'huile.

43. Supplementum linguæ latinæ, seu dictionarium abstrusorum vocabulorum a Rob. Constantino collectum. *Lugduni, Rouillius,* 1573, pet. in-4, v. fauve antiq. dent. sur les pl. tr. dor.

44. Henrici Spelmanni Archæologus, in modum glossarii, continentis latino-barbara, peregrina, obsoleta et novatæ significationis vocabula scholiis et commentariis illustrata. *Londini, Beale,* 1626, pet. in-fol. texte à 2 col. v. antiq. marbr. fil. (*Armoiries sur les plats.*)

45. Dictionarium latino-epiroticum, per Franciscum Blanchum. *Romæ, typis Sacr. Cong. de Prop. Fide,* 1635, pet. in-8, texte à 2 col. vél. antiq. à recouvr.

Piqûres de vers.

46. Dictionnaire français et latin, tiré des auteurs originaux et classiques de l'une et de l'autre langue, par le R. P.

Joseph Joubert. *Lyon, Declaustre*, 1732, in-4 en 55 pages,
texte à 2 col. frontisp. gr. broch.

Ce Complément curieux manque presque toujours aux exemplaires du
Dictionnaire français et latin de J. Joubert.
Le frontispice et le titre sont doublés; fortes piqûres de vers; la
page 53 est déchirée.

47. Ioh. Frid. Noltenii Lexicon latinæ languæ antibarbarum,
accedit præfatio abbatis Moshemii. *Lipiæ, Weigand*, 1744.
1 vol. — Noltenii Lexici tomus posterior cum supple-
mento tomi prioris tum bibliothecam latinitatis restitutæ
continens. *Lipsiæ, Weygand*, 1748, 1 vol. Ensemble, 2 vol.
in-8, texte à 2 col. portr. de Noltenius gravé, demi-rel. v.
fauve.

48. Novitius, seu dictionarium latino-gallicum ad usum se-
renissimi Delphini. *Lutetiæ Parisiorum*, *Rollin*, 1750.
2 vol. in-4, texte à deux col. v. antiq. marbr.

49. Addenda lexicis latinis; investigavit, collegit, digessit L.
Quicherat. *Parisiis, L. Hachette*, 1862, gr. in-8, demi-rel.
chagr. vert.

50. Petit Vocabulaire latin-français du XIIIe siècle, extrait
d'un manuscrit de la bibliothèque d'Evreux, par Chassant.
Paris, Aubry, 1857, in-12 de 47 pages, texte encadré de
fil. noirs, broché.

51. Glossarium eroticum linguæ latinæ, sive Theogoniæ, le-
gum et merum nuptialum apud Romanos explanatio nova.
Auctore P. P. (Pierrugues). *Parisiis, Dondey-Dupré*, 1826,
in-8, demi-rel. v. vert, tr. jasp.

52. Dictionnaire des abréviations latines et françaises usitées dans les inscriptions lapidaires et métalliques, les
chartes et manuscrits du moyen âge, précédé d'une explication de la méthode brachygraphique du Ve au
XVIe siècle, par Chassant. *Evreux, Cornemillot*, 1846,
in-12, pap. vélin, texte encadré de fil. noirs, demi-rel.
chagr. bleu.

Langue française.

Grammaire, ancien français, dictionnaires, patois.

53. Traité de la conformité du langage françois avec le
grec, en 3 livres, avec une préface sur les abus de lan-

gage, par Henri Estienne. *Paris, Robert Estienne*, 1569,
pet. in-8, v. fauve, antiq. dent. sur les plats, tr. marbr.

Seconde édition, fort belle et fort recherchée.

54. (Henri) Estienne. Project du liure intitulé : De la précellence du langage françois. *Paris , Mamert-Patisson ,*
1579, pet. in-8, basane.

Édition originale. Exempl. grand de marges, petite piqûre dans la
marge extérieure.

55. Abrégé du Parallèle des langues françoise et latine,
rapporté au plus pres de leurs proprietez, etc., par le
P. Philibert Monet, de la Compagnie de Jésus. *A Rouen,
chez J. Le Boulenger*, 1637, in-4, texte à 2 col. bas.

Exemplaire fatigué.

55 *bis*. Éléments carlovingiens, linguistiques et littéraires
(par J. Barrois et P. Chabaille). *Paris, imprimerie de Crapelet*, 1846, in-4, avec planches, demi-rel. chagr. brun,
tr. jasp.

56. Remarques sur la langue françoise, par M. de Vaugelas. *Paris, Jolly*, 1672, in-12, v. granit.

57. Remarques de M. de Vaugelas sur la langue françoise,
avec des notes de MM. Patru et T. Corneille. *Paris, Nyon*,
1738, 3 vol. in-12, v. antiq. marbr.

58. Doutes sur la langue françoise proposez à l'Académie,
par le P. Dom. Bouhours. *Paris, Mabre·Cramoisy*, 1674,
in-12, bas.

59. Des Mots à la mode et des nouvelles façons de parler...
(par de Callières). *La Haye, Troyel*, 1693, in-12, v. antiq.
marbr. tr. jasp.

60. Traité des termes des arts libéraux et mécaniques en
faveur des curieux, par Menudier. *Jena, Bielcken*, 1709,
pet. in-12, demi-rel. bas.

Piqûres de vers.

61. Équivoques et bizarreries de l'orthographe françoise,
avec les moiiens d'y remédier, par l'abbé Séb. Cherrier.
Paris, Gueffier, 1766, in-12, v. racine, dent. sur les plats,
tr. jasp.

62. Manuel Tironien, ou Recueil d'abréviations faciles et
intelligibles de la plus grande partie des mots de la langue
françoise, par ordre alphabétique, par Feutry. *Paris,
Debure*, 1775, in-12, v. antiq. marbr. fil. tr. jasp.

63. La Cantatrice grammairienne, ou l'Art d'apprendre l'orthographe seul, par le moyen des chansons érotiques,
anacréontiques, etc..., avec un modèle de lettres et des
réflexions. — Ouvrage destiné aux dames, par l'abbé Bar-
thélemy. *Paris, Briand*, 1788, in-8, bas. tr. marbr.

64. Nouveaux Synonymes français, par l'abbé Roubaud,
nouvelle édition par ordre alphabétique, soigneusement
corrigée et augmentée d'un très-grand nombre de synonymes. *Paris*, 1796, 4 vol. in-8, demi-rel. v. tr. marbr.

65. Arte de hablar bien frances, ó Gramática completa di-
vidida en tres partes por don Pedro Nicolas Chantreau. *En
Madrid*, 1797, in-4, vél. antiq.

66. Nouvelles Observations sur la grammaire française, pour
servir de complément à celle de M. de Wailly, par M. Lar-
dillon. *Paris, Grégoire, an XII* (1804). — De l'Usage des
expressions négatives dans la langue française (par Collin
d'Ambly). *Paris, Bailly, an X.* — Les Participes français
mis à la portée de tous ceux qui se font une loi de parler
et écrire correctement, par Caminade. *Paris, Agasse*,
1806, 3 ouvr. en 1 vol. in-8, cartonn. non rogné.

67. Exercices de langue française, par A. Lemare. *Paris,
Grand*, 1819, in-8, demi-rel. v. brun.

68. Nouvelle Orthologie française, par Legoarant. *Paris,
Mansut*, 1832, 2 tom. en 1 vol. in-8, demi-rel, v. bleu, tr.
jasp.

69. Prononciation de la langue française au xixᵉ siècle, tant
dans le langage soutenu que dans la conversation, par de
Malvin-Cazal. *Paris, Imprimerie royale*, 1846, in-8, demi-
rel. v. fauve.

70. Des Variations du Langage français, depuis le xiiᵉ siècle, par F. Génin. *Paris, Didot*, 1845, in-8, demi-rel. v.
fauve.

71. Les Excentricités de la langue française en 1860, par
Lorédan Larchey. *Paris, s. d.*, in-12, gravure à l'eau-forte,
broché.

72. Les Excentricités du langage français, par Lorédan
Larchey. *Paris, Bureau de la Revue anecdotique*, 1861,
in-12, frontispice grav. à l'eau-forte, broché.

73. Les Excentricités du langage, par Lorédan Larchey.
4ᵉ édition, singulièrement augmentée. *Paris, Dentu*, 1862,
in-12, broché.

74. Récréations philologiques, ou Recueil de notes pour servir à l'histoire des mots de la langue française, par Génin. *Paris, Chamerot,* 1856, 2 vol. in-8, demi-rel. chagr. rouge.

75. Études de philologie comparée sur l'argot et sur les idiomes analogues parlés en Europe et en Asie, par Francisque Michel. *Paris, Didot,* 1856, gr. in-8, texte à 2 col. demi-rel. chagr. vert.

76. Lorédan Larchey. Les Joueurs de mots. *Paris,* 1867, in-12, papier teinté, broché.

77. Le Petit Citateur. *Paphos,* 1869, in-12, br.

---

78. Marci Zuerii Boxhornii Originum Gallicarum liber, cui accedit antiquæ linguæ britannicæ lexicon britannico-latinum, cum adjectis et incertis adagiis Britannicis ejusdem authoris. *Amstelodami, Janssonius,* 1654. 2 part. en 1 vol. in-4, demi-rel. bas. coins parchemin.

79. Recherches sur les langues celtiques, par W.-F. Edwards. *Paris, Imprimerie royale,* 1844, in-8, demi-rel. v. viol. tr. jasp.

80. Langue et littérature des anciens Francs, par Gley. *Paris, Michaud,* 1814, in-8, demi-rel. bas.

81. Trésor des origines et Dictionnaire grammatical raisonné de la langue françoise, par Ch. Pougens. *Paris, de l'Impr. royale,* 1819, in-4, demi-rel. v. bleu, tr. jasp.

Spécimen composé de cinquante articles pris dans les trois premières lettres de l'alphabet.

82. Trésor des origines et Dictionnaire grammatical raisonné de la langue françoise, par Ch. Pougens. Spécimen. *Paris, Imprimerie royale,* 1819, in-4, maroq. bleu, fil. et compart. à froid sur les plats, tr. dor. (*Meslant.*)

Très-bel exemplaire sur pap.

83. Etymologisches Wörterbuch der romanischen Sprachen, von Friedrich Diez. *Bonn, Marcus,* 1853, in-8, demi-rel. chagr. vert.

84. Glossaire de l'ancienne langue françoise, depuis son origine jusqu'au siècle de Louis XIV. *S. l. n. d.,* in-fol. texte à 2 col. demi-rel. v.giers.

Tome 1er, texte à 2 col. contenant la lettre A.-AS.

85. Dictionnaire de la langue romane, ou du vieux langage françois (par Franc. Lacombe). *Paris, Saillant,* 1768, in-8, v. antiq. marbr. fil.

86. Essai d'un glossaire occitanien pour servir à l'intelligence des poésies des troubadours (par de Rochegude). *Toulouse, Benichet,* 1819, in-8, texte à 2 col. demi-rel. v. fauve, tr. jasp.

87. Elnonensia. Monuments des langues romane et tudesque dans le ixe siècle, contenus dans un manuscrit de l'abbaye de Saint-Amand, publiés par Hoffmann de Fallersleben, avec traduction et remarques par J.-F. Willems. *Gand, Gyselinck,* 1837, in-4 de 34 pag. demi-rel. v. fauve.

88. Vocabulaire austrasien pour servir à l'intelligence des preuves de l'histoire de Metz, etc., par dom Jean François. *Metz,* 1773, in-8, demi-rel. v. br.

89. Dictionnaire roman, walon, celtique et tudesque pour servir à l'intelligence des anciennes lois, contrats, etc., par un religieux de la congrégation de Saint-Vannes (dom Jean François). *Bouillon, Société typographique,* 1777, in-4, texte à 2 col. demi-rel. bas. tr. jasp.

---

90. Le Grand Dictionnaire françois-latin, augmenté, outre infinies dictions françoises, des mots de marine, vénerie et faulconnerie, avec un abrégé de la prononciation françoise, etc., recueilli des observations de plusieurs hommes doctes, entre autres de M. Nicod. *Rouen,* 1625, fort vol. in-4, demi-rel. chag. violet, tr. jasp.

Mouillures.

91. Le Grand Dictionnaire des Pretieuses, historique, poétique, géographique, cosmographique, cronologique et armoirique, etc., par de Somaize. *Paris, Jean Ribou,* 1661, 2 vol. pet. in-8, v. fauve antiq. ül.

Ouvrage satirique dont la présente édition est devenue rare.
Légères piqûres de vers.

92. Nouveau Dictionnaire de l'Académie françoise (par l'abbé Regnier). *Paris, Coignard,* 1718, 2 vol. in-fol. texte à 2 colonnes, frontisp. grav. par Mariette et Edelynck d'après Corneille, fleurons sur le titre, vign. grav. par Audran d'après Coypel, v. antiq. marbr. fil. dos orné.

93. Dictionnaire de l'Académie françoise, 4e édition (par

Duclos). *Paris, véuve Brunet*, 1762, 2 vol. in-fol. texte à 2 col. fleurons sur le titre, vign. grav. par Audran d'après Coypel, v. ant. marbr. fil.

94. Dictionnaire de l'Académie françoise, nouvelle édition. *Nismes, Beaume*, 1778, 2 vol. in-4, texte à 3 col. v. antiq. marbr.

95. Dictionnaire de l'Académie françoise; 5⁰ édition (par Garat, Sélis, Bourlet de Vauxcelles et Gence). *Paris, Smits, an VII*, 2 vol. in-4, texie à 3 col. v. rac. fil.

96. Dictionnaire de l'Académie françoise; 5⁰ édition (par Garat, Sélis, Bourlet de Vauxcelles et Gence). *Paris, Smits, an VII de la République*, 2 vol. in-fol. texte à 3 col. demi-rel. v. brun, tr. jasp.

97. Dictionnaire de l'Académie française; sixième édition. *Paris, Firmin-Didot fr.*, 1835, 2 vol. in-4, demi-rel. chagr. vert.

98. Remarques morales, philosophiques et grammaticales sur le Dictionnaire de l'Académie françoise (par Feydel). *Paris, Renouard*, 1807, in-8, v. fauve antiq.

A la suite se trouve relié : Observations sur un ouvrage anonyme intitulé : *Remarques morales et philosophiques sur le Dictionnaire de l'Académie françoise.* Paris, 1807, in-8 de 79 pag.

99. Dictionnaire françois, par Richelet. *A Genève, Widerhold*, 1680, in-4, texte à 2 col. cartonné.

Édition originale. La premièr⁻ partie comprend 480 pages, plus 10 ff. n. chiff. La seconde partie de cet exemplaire s'arrête à la page 538, au lieu de 560 pages qu'elle devrait avoir.
Exemplaire très-fatigué.

100. Dictionnaire françois, par P. Richelet; dernière édition. *Suivant la copie imprimée à Genève, chez Jean Herman Widerhold*, 1688, 2 part. en un vol. in-4, v. antiq. marbr.

101. Dictionnaire françois, par Pierre Richelet; dernière édition, exactement revue, corrigée et augmentée, etc. *Genève, Miège pour Ritter*, 1693. 2 vol. grand in-4, texte à 2 col. demi-rel. v. fauve.

102. Dictionnaire de la langue françoise ancienne et moderne de Pierre Richelet, augmenté de plusieurs additions d'histoire, de grammaire, de critique, de jurisprudence, et d'une liste alphabétique des auteurs et des livres cités dans ce dictionnaire. *Amsterdam*, 1732, 2 vol. in-4, texte à 3 col. v. gran.

103. Essais d'un dictionnaire universel, contenant généralement tous les mots françois tant vieux que modernes,
recueilli et compilé par messire Antoine Furetière,
abbé de Chalivoy. *Amsterdam, chez M. Desbordes,* 1685,
in-12, v. gran.

104. Dictionnaire universel contenant généralement tous les
mots françois tant vieux que modernes et les termes de
toutes les sciences et des arts, par feu messire Antoine
Furetière. *Sur l'imprimé, à la Haye et à Rotterdam, chez
Arnout et Reinier Leers,* 1690, 2 vol. in-fol. texte à 2 col.
demi-rel. bas. viol.

105. Grand Dictionnaire français et latin, composé par ordre
du Roy, pour les études de monseigneur le Dauphin et
messseigneurs les Princes, par l'abbé Danet. *Lyon, Deville,*
1721. In-4, texte à 2 colonnes, frontisp. grav. par Scotin
le jeune, bas. tr. dor.

106. Projet d'un glossaire françois (par J.-B. de la Curne de
Sainte-Palaye). *Paris, Guérin,* 1756, in-4 de 30 pages,
demi-rel. v. fauve.

107. Dictionnaire des richesses de la langue françoise et du
néologisme qui s'y est introduit (par Pons. Aug. Alletz).
Paris, Saugrain, 1770, in-12, v. antiq. marbr.

108. Monde primitif analysé et comparé avec le monde
moderne, considéré dans les origines françoises, ou Dictionnaire étymologique de la langue françoise, par M. Court
de Gebelin. *Paris, l'auteur,* 1778, in-4, texte à 2 col.
cart. n. rog.

109. Manuel lexique, ou Dictionnaire portatif des mots françois dont la signification n'est pas familière à tout le
monde, par Duboille. *Paris, Libraires associés,* 1789, 2 vol.
in-8, texte à 2 col. demi-rel. v. violet.

110. Extrait d'un Dictionnaire inutile, composé par une
société en commandite, et rédigé par un homme seul
(Gallais). *A 500 lieues de l'Assemblée nationale,* 1790. Pet.
in-8, broché et rogné.

111. Nouveau Dictionnaire françois à l'usage de toutes les
municipalités, les milices nationales, et tous les patriotes,
composé par un aristocrate pour servir à l'histoire de la
Révolution. *En France, d'une imprimerie aristocratique.
Paris, au manège des Thuileries,* 1790, in-8, demi-rel. v.
brun.

Dans le même vol. : Essai analytique sur le langage et l'entendement, l'écriture et la lecture considérés dans leurs rapports mutuels, par A. Surcmain-Missery. Paris, an IX, in-8.

112. Néologie, ou Vocabulaire de mots nouveaux, à renouveler, ou pris dans les acceptions nouvelles, par Mercier, *Paris, Moussard*, an IX, 1801, 2 tom. en 1 vol. in-8, cartonn. non rogn.

113. Dictionnaire étymologique des mots françois dérivés du grec, par **J.-B.** Morin, avec notes d'Ansse de Villoison. *Paris, Imprimerie impériale*, 1809, 2 vol. in-8, demi-rel. v. fauve.

114. Dictionnaire étymologique de la langue françoise où les mots sont classés par familles, etc., par B. de Roquefort, précédé d'une dissertation sur l'étymologie, par J.-J. Champollion-Figeac. *Paris, Decourchant*, 1829, 2 vol. in-8, texte à 2 col. demi-rel. bas. f. tr. jasp.

115. Philologie française, ou Dictionnaire étymologique, critique, historique, anecdotique et littéraire, pour servir à l'histoire de la langue française, par M. Fr. Noël et M. L.-J. Carpentier. *Paris, Le Normant père*, 1831, 2 vol. in-8 texte à 2 col. demi-rel. v. b. tr. jasp.

116. Dictionnaire encyclopédique présentant par ordre de matières l'explication détaillée des mots techniques en usage dans les sciences, lettres et arts, par C.-T. Leclère. *Paris, Chamerot*, 1834, fort vol. in-8, texte à 2 col. demi-rel. bas. viol.

117. Dictionnaire raisonné, étymologique, synonymique et polyglotte des termes usités dans les sciences naturelles, comprenant l'anatomie, l'astronomie, etc..., par A.-J.-L. Jourdan. *Paris, Baillière*, 1834. 2 vol. in-8, texte à 2 col. demi-rel. v. fauve.

118. Dictionnaire général de la langue française, et vocabulaire universel des sciences, des arts et des métiers, par F. Raymond. *Paris, Pitois-Levrault*, 1840. 2 vol. in-4, texte à 3 col. v. marbr.

119. Dictionnaire national, ou Dictionnaire universel de la langue française, par Bescherelle aîné. *Paris, Simon et Garnier*, 1854. 3 vol. gr. in-4, texte à 4 col. demi-rel. mar. vert, tr. jasp.

120. Le Dictionnaire français illustré, panthéon littéraire, scientifique, biographique, etc., par Maurice La Châtre. *Paris*, 1858, gr. in-8, texte à 2 col. vignettes sur bois, demi-rel. mar. noir tr. jasp.

121. Nouveau Dictionnaire de la langue française, par Louis Dochez, avec une introduction de M. Paulin Paris. *Paris, Fouraut,* 1860, in-4 broché, texte à 3 col.

122. Nouveau Dictionnaire classique de langue française, de géographie et d'histoire générale, par M. J. George. *Paris,* 1861. 2 tom. en 1 fort vol. gr. in-8, texte à 3 col. demi-rel. chag. noir, tr. jasp.

123. Examen critique des Dictionnaires de la langue française, par Charles Nodier. *Paris, Delangle,* 1829, in-8, demi-rel. avec coins v. vert v. marbr.

---

124. Le Iargon, ou le langage de l'Argot réformé, comme il est à présent en usage parmi les bons pauvres, tiré et recueilli des plus fameux argotiers de ce temps, composé par un pillier de Boutanche qui maquille en molanche en la vergne de Tours. *Paris, veuve Du Carroy,* 1633, in-16 de 92 pages, cartonn. non rogné.

   Ce volume fait partie de la collection des Joyeusetez, éditée chez Techener, sous la direction de M. Aimé-Martin, et tirée à 76 exemplaires.

125. Lorédan Larchey. Dictionnaire historique d'argot. *Paris, Dentu,* 1878, in-12 br.

126. Dictionnaire d'amour, dans lequel on trouvera l'explication des termes les plus usités dans cette langue (par Dreux du Radier). *A la Haye,* 1741, in-12, v. marbr. fil.

127. Dictionnaire d'amour (par le chevalier Giraud de Propiac). *Paris, Chaumerot,* 1808, in-12, demi-rel. bas.

128. Dictionnaire comique, satirique et burlesque, par Le Roux. *Amst.,* 1750, in-8, texte à 2 col., demi-rel. v. f.

129. Dictionnaire raisonné des onomatopées françaises, par Charles Nodier. *Paris, Demonville,* 1808, in-8, demi-rel. bas. tr. jasp.

   Première édition d'un ouvrage curieux et rempli d'érudition.

130. Dictionnaire des épithètes françaises, revu et considérablement augmenté, précédé d'un traité sur l'emploi des épithètes, par J.-B. Levée. *Paris, L'Huillier,* 1817, in-8 bas. rac.

131. Dictionnaire féodal; seconde édition, corrigée et augmentée d'un tableau de l'ancien régime comparé à l'état actuel de la France et d'une table générale des matières,

par J.-A.-S. Collin de Plancy. *Paris, Brissot-Thivas,* 1820, 2 vol. in-8, demi-rel. v. f. tête marbr. n. rog. (*Müller.*)

132. Nouveau Dictionnaire pour servir à l'intelligence des termes mis en vogue par la Révolution (par M. A. Buée). *Paris, Le Clerc,* 1821, in-8, broché.

133. Dictionnaire raisonné des difficultés grammaticales et littéraires de la langue française, par Laveaux. *Paris, Ledentu,* 1822, 2 vol. in-8, texte à 2 col. demi-rel. v. fauve, tr. marbr.

134. Dictionnaire raisonné des onomatopées françaises, par Ch. Nodier. *Paris, Delangle fr.,* 1828, in-8, demi-rel. bas. verte, tr. jasp.

135. Dictionnaire synonymique de la langue française, par J.-Ch. Laveaux. *Paris, Alex. Eymery,* 1826, 2 tomes en 1 vol. in-8, texte à 2 col. bas. rac.

136. Dictionnaire étymologique de la langue française, par de Roquefort. *Paris,* 1829, 2 vol. in-8, demi-rel. v.

137. Dictionnaire des racines et dérivés de la langue française, pour la facilité de l'étude et de l'enseignement, par Fréd. Charrassin et Ferd. François. *Paris, Héois,* 1842, gr. in-8, demi-cart. toile verte, ébarb.

138. Glossaire des mots français tirés de l'arabe, du persan et du turc, précédé d'une méthode pour apprendre ces langues. *Paris, Benj. Duprat,* 1847, in-8, broché.

139. Dictionnaire de la prononciation de la langue française au moyen de caractères phonétiques, précédé d'un mémoire sur la réforme de l'alphabet, par Adrien Féline. *Paris, Didot,* 1851, in-8, texte à 2 col. demi-rel. chagrin vert.

140. Glossaire érotique de la langue française, par Louis de Landes. 1861, in-12, d.-rel. v. f. n. rogn.

141. Dictionnaire érotique moderne. 1864, in-12, demi-rel. mar. avec coins, n. rogn.

142. Dictionnaire érotique moderne, par un professeur de la langue verte. 1874, in-12 br.

143. Dictionnaire érotique moderne. 1875, gr. in-8, broché.

144. Dictionnaire analogique de la langue française, par
P. Boissière. *Paris, Larousse et Boyer*, 1862, gr. in-8,
demi-rel. chag. noir, tr. jasp.

145. Mémoires et dissertations sur les langues, dialectes et
patois tant de France que des autres pays. *Paris*, 1824,
in-8, demi-rel. chagr. viol. tr. jasp.

Mémoires des Antiquaires de France, tome VI.

146. Remarques sur le patois, suivies d'un vocabulaire latin-
français inédit du XIV° siècle avec gloses et notes explica-
tives, pour servir à l'histoire des mots de la langue française, par E.-A. Escalier. *Douai, V. Wartelle*, 1856, gr.
in-8, demi-rel. chagr. viol. tr. jasp.

147. Mélanges sur les langues, dialectes et patois, renfermant une collection de versions de la parabole de l'Enfant
prodigue en cent idiomes ou patois français, et un essai
sur la géographie de la langue française (par Coquebert
de Montbret et l'abbé de la Bouderie). *Paris, Delaunay*
1831, in-8, demi-rel. v. fauv. tr. marbr.

148. Grammaire celto-bretonne, par Le Gonidec, *Paris,
Lebour*, 1807, in-8, demi-rel. bas. fauve, tr. jasp.

149. Nouveau Dictionnaire, ou Colloque françois et breton.
A Morlaix, De Ploesquellec, 1717, in-12, texte à 2 col.
demi-rel. chagr. viol.

Exemplaire fatigué.

150. Dictionnaire celto-breton ou breton-français, par Le
Gonidec. *Angoulême, Trémeau*, 1821, in-8, texte à 2 col.
demi-rel. v. viol. tr. jasp.

151. Dictionnaire français et celto-breton, par Troude. *Brest,
Lefournier*, 1842, in-8, texte à 2 col. demi-rel. v. fauve.

152. Dictionnaire français-breton et breton-français, de
Le Gonidec, précédé de sa grammaire bretonne, enrichi
d'un essai sur l'histoire de la langue bretonne, par Her.,
sart de la Villemarqué. *Saint-Brieuc, Prud'homme*, 1847-
1850, 2 vol. in-4, texte à 2 col. demi-rel. v. fauve, tr. jasp.

153. Glossaire du patois normand, par Louis Du Bois, augmenté et publié par Julien Travers. *Caen, Hardel*, 1856,
in-8, demi-rel. chagr. viol.

154. Flandricismes, Wallonismes et expressions impropres

dans la langue française (par l'abbé Poyart et Tarte). *Bruxelles, Rampelbergh*, 1811, in-12, demi-rel. v. fauve.

155. Dictionnaire des expressions vicieuses usitées dans un grand nombre de départements, et notamment dans la ci-devant province de Lorraine, accompagnées de leur correction, avec un supplément, par F. Michel. *Paris, Le Normant*, 1807, in-8, demi-rel. bas.

156. Vocabulaire du bas langage rémois, par Saubinet. *Reims, Brissart-Binet*, 1845, in-8, broché.

157. Glossaire du centre de la France, par M. le comte Jaubert. *Paris, N. Chaix*, s. d. 2 vol. gr. in-8, demi-rel. chagr. la Vall. tr. jasp.

158. Vocabulaire du Berry et de quelques cantons voisins, par un amateur de vieux langage. *Paris, Roret*, 1843, in-8, figure, demi-rel. bas. verte.

> Cet ouvrage a été refondu dans le *Glossaire du centre de la France*, ouvrage qui a été couronné par l'Institut et qui a été imprimé avec le nom de M. le comte Jaubert.
> Exemplaire taché d'huile.

159. Recherches sur l'histoire du langage et des patois de Champagne, par Tarbé. *Reims*, 1851, 2 tom. en un vol. in-8, demi-rel. chagr. la Vallière, tr. jasp.

160. Dictionnaire du patois du Bas-Limousin (Corrèze), et plus particulièrement des environs de Tulle, ouvrage posthume de Nicolas Béronie, mis en ordre par J.-A. Vialle. *Tulle, Drappeau*, 1824, in-4, texte à 2 col. demi-rel. bas.

161. Glossaire du patois rochelais, suivi d'une liste des expressions vicieuses usitées à la Rochelle, recueillie en 1780 par M. *** (Burgaud des Marets). *Paris, Didot*, 1861, br. in-4 de 8 pag.

162. Dictionnaire languedocien-français, suivi d'une collection de proverbes languedociens et provençaux, par l'abbé de Sauvages. *Alais, Martin*, 1820, 2 vol. in-8, texte à 2 col. v. racine.

163. Les Gasconismes corrigés, par Desgrouais. *Toulouse, Robert*, 1766, in-8, v. antiq. marbr.

> On ajoute à la suite du volume un supplément manuscrit de 11 pages.

164. Dictionnaire provençal et françois dans lequel on trouvera les mots provençaux et quelques phrases et proverbes

expliquez en françois avec les termes des arts liberaux et
mecaniques, etc., par le Père Sauveur André Pellas, religieux minime. *A Avignon, chez F. Seb. Offray,* 1723, in-4
bas.

Exemplaire fatigué, trou au titre.

165. Le Nouveau Dictionnaire provençal-français, précédé
d'un abrégé de grammaire provençale-française et suivi
de la collection la plus complète des proverbes provençaux, par M. G. (Étienne Garcin). *Marseille,* 1823, in-8,
v. rac.

Première édition.

166. Manuel du Provençal, ou les provençalismes corrigés.
Aix, Aubin. 1836, in-8 broché.

167. Tableau historique et littéraire de la langue parlée
dans le midi de la France et connue sous le nom de
langue romano-provençale, par Mary-Lafon. *Paris, Maf-
fre-Cappin,* 1842, in-12, demi-rel. v. fauve.

168. Dictionnaire provençal-français, ou dictionnaire de la
langue d'Oc ancienne et moderne, suivi d'un vocabulaire
français-provençal, par S.-J. Honnorat, D^r en médecine.
Digne, 1846, 3 vol. in-4, texte à 3 col. demi-rel. chagr.
vert, tr. jasp.

LANGUES EUROPÉENNES ÉTRANGÈRES

*Anglais, Allemand, Italien, Espagnol,
Portugais, Hollandais, Slave, Russe, Polonais, Hongrois,
Danois, Suédois, Lapon et Islandais.*

169. Antiquæ Linguæ Britannicæ nunc vulgo dictæ Cam-
bro-Brittannicæ a suis Cymræcæ vel Cambrigæ ab aliis
Wallicæ et linguæ latinæ Dictionarium duplex, accesse-
runt Adagia Britannica. *Londini,* 1632, in-fol. texte à
3 col. bas.

170. Archæologia Britannica, giving some account additional to what has been hitherto published of the languages, histories and customs of the original inhabitants
of great Britain, by Edward Lhuyd. *Oxford, for the author,* 1707, in-fol. texte à 2, 3 et 4 col. fleuron grav. sur
le titre, v. granit.

171. Francisci Junii, Francisci filii, Etymologicum anglica-
num, ex autographo descripsit et accessionibus permul is
auctum edidit Edwardus Lye. Præmittuntur vita auctoris
et grammatica anglo-saxonica. *Oxonii, e Theatro Sheldoniano*, 1743, in-fol. texte à 2 col., portrait de Franciscus
Junius grav. par Vertue, d'après Van Dyck, demi-rel. v.
antiq.

172. An English and Swedish Dictionary, wherein the gene-
rality of words and various significations are rendered
into Swedish and Latin, by Jacob Serenius, 1757, in-4,
texte à 2 col. v. br.

173. Robert Ainsworth's Dictionary english and latin with
great additions, by Thomas Morell. *London, Rivington*,
1773, 2 vol. in-4, v. marbr.

174. A classical Dictionary of the vulgar tongue (by Francis
Grose). *London, printed for S. Hooper*, 1785, in-8, bas.
gran.

175. A Dictionary of the English Language, in which are
prefixed a history of the language and english grammar,
by Samuel Johnson. *London, J. Johnson*, 1799. 2 vol. in-4,
texte à 3 col. portr. de Samuel Johnson grav. par Heath,
v. gr. fil.

176. A Dictionary of the English Language together with a
history of the language and an english grammar, by
Samuel Johnson, with numerous corrections by the Rev.
H. J. Todd. *London, Longman*, 1818, 4 vol. in-4, texte à
2 col. portr. de Johnson grav. par Holl d'après Reynolds,
v. fauve, fil. tr. marbr.

177. A Dictionary of the English Language, by Samuel
Johnson, with numerous corrections, by the Rev. H. J.
Todd. *London, Longman*, 1827, 3 vol. in-4, texte à 3 col.
portrait, demi-rel. v. vert, tr. marbr.

178. English Synonymes explained in alphabetical order,
with copious illustrations and exemples, by George Crabb.
Boston, Ch. Ever, 1819, un fort vol. in-8, texte à 2 col.
v. racine.

179. Etymologicon Universale, or universal etymological
Dictionary, on a new plan, by the Rev. Walter Whiter.
Cambridge, Whittaker, Deigthon and Sons, 1811-1825,
3 vol. in-4, demi-rel. v. fauve.

    Ouvrage estimé.

180. The modern World of words, or universal english
dictionary, by Edw. Phillips. *London*, 1820, in-fol. texte
à 2 col. bas.

181. Universal technological Dictionary, or familiar explanation of the Terms used in all arts and sciences, containing
definitions drawn from the original writers and illustrated by plates, diagrams, cuts, etc..., by George Crabb.
London, Cradock and Joy, 1823, 2 vol. in-4, texte à 2 col.
nombr. pl. grav. demi-rel. chagr. vert, tr. jasp.

182. A critical pronouncing Dictionary and expositor of the
english language, by John Walker. *London, Tegg*, 1825,
in-8, texte à 2 col. demi-rel. v. fauve.

183. An American Dictionary of the english language, to
which are prefixed an introductory dissertation on the origine, history and connection of the languages of western
Asia and of Europe, and a concise grammar of the english
language, by Noah Webster. *New-York, Converse*, 1828, 2
vol. in-4, texte à 3 col. portr. de Webster, demi-rel. avec
coins, v. fauve. (*Reliure anglaise.*)

184. Universal historical Dictionary, or explanation of the
names of persons and places, illustrated by very numerous portraits and medallic cuts, by George Crabb. *London, Cradock*, 1833, 2 part. en 1 vol. in-4, fig. cuir de
Russ. quadr. (*Reliure anglaise.*)

185. A Collection of supplements to all editions of Lempriere's classical dictionnary, by professor Anthon, containing : Sillig's dictionary of the artists of antiquity; —
Payne Knight's inquiry into the symbolical language of
ancient art and mythology; — Barker's fifteen supplements and indexes. *London, Valpy*, 1837, in-8, cartonn.
toile marron.

186. A Dictionary of the Anglo-Saxon Language, by the
Rev. J. Bosworth. *London, Longmann*, 1838, gr. in-8,
carte, cart. n. rog.

187. English Etymologies, by Fox Talbot. *London, Murray*,
1847, in-8, cartonnés ébarb.

188. Lexicon anglo-saxonicum et poetarum scriptorumque
prosaicorum operibus nec non lexicis anglo-saxonicis collectum, cum synopsi grammatica, edidit Ludovicus Ett-
müllerus. *Quedlingburgii et Lipsiæ, Bassii et Norgate*,
1851, in-8, demi-rel. chagr. vert.

189. A Provincial Glossary, with a collection of local pro-
verbs and popular superstitions by Francis Grose. *London, printed for Edward Jeffery*, 1811, in-8, v. gran.

190. The Vocabulary of East Anglia, by Rev. Robert Forby.
London, Nichols and Son, 1830, 2 vol. pet. in-8, cartonn.
toile, non rogné.

191. A Glossary of provincial and local words used in England, by Francis Grose. Supplement by Samuel Pegge.
London, Russell Smith, 1839. — Specimens of the York-
shire Dialect, to which is added a copious glossary and
the life of William Nevison. *London, Hodgson*, 1828. —
2 ouvr. en 1 vol. in-12, fig. en couleur, demi-rel. v. fauve.

192. LEXICON BALATRONICUM. — A Dictionary of Buckish
Slang, university wit and pickpocket eloquence, compiled originally by Captain Grose, enlarged the modern
changes by a member of the whip Club. *London, Chap-
pel*, 1811, in-8, planche gravée, v. fauve antiq.
    Rare.

193. A Galic and English Dictionary containing all the
words in the scotch and irish dialects of the Celtic that
could be collected from the voice, and old books and
mss. by the Rev. William Shaw. *London*, 1780, 2 tomes
en un vol. in-4, v. gran.

194. A new and copious english and gaelic Vocabulary, by
Macfarlane. *Edinburgh, printed for the author*, 1815, in-8,
texte à 2 col. cartonné non rogné.

195. A Dictionary of the Welsh Language, explained in English, with numerous illustrations, from the literary re-
mains and from the living speech of the Cymry, by William Owen. *London*, 1803, 2 vol. in-4, demi-rel. v. viol.
tr. marbr.

196. Dictionarium Scoto-Celticum, a Dictionary of the Gaelic Language, comprising an ample vocabulary of gaelic
words and vocabularies of latin and english words, compiled and published under the direction of the Highland
Society of Scotland. *London, Cadell*, 1828, 2 vol. in-4,
pap. vél. texte à 2 col. cartonn. ébarb.
    Exemplaire en GRAND PAPIER (publié à 250 fr.)

197. An Etymological Dictionary of the Scotish Language
by John Jamieson, the second edition carefully revised
and collated, with all the additional words in the supplement by John Johnstone. *Edinburgh*, 1840, 2 vol. in-4,
texte à 2 col. cart.

198. Wotton's short view of George Hickes' Grammatico-
critical and archeological treasury of the ancient nor-
thern languages, by Maurice Shelton. *London, D. Browne,*
1737, in-4, v. fauv. antiq. (*Reliure anglaise.*)

199. Gothicum Glossarium quo pleraque argentei codicis
vocabula explicantur, atque ex linguis cognatis illustrantur; præmittuntur ei gothicum, runicum, anglo-saxonicum, aliaque alphabeta, opera Francisci Junii. *Dordrecht,
typis Junianis,* 1665, in-4, v. granit, tr. jaspée.

200. Spegel (Haq.). — Glossarium Sueo-Gothicum. *Lund,*
1712, in-4, demi-rel. bas.

201. Christian. Gottlob Haltavs. — Glossarium Germanicum
medii ævi maximam partem diplomatibus multis præterea
aliis monumentis tam editis quam ineditis, adornatum,
indicibus necessariis instructum; præfatus est Jo. Gottlob
Boehmius. *Lipsiæ, Gledistchii,* 1758, 2 tom. en 1 vol. in-
fol. texte à 2 col. vél. antiq.

202. Glossarium Sueogothicum, in quo dialecti cognati,
Mœso-Gothica, Anglo-saxonica, Alemannica, Islandica
ceteriquc Gothicæ et Celticæ originis illustrantur, auctore Johanne Ihre. *Upsaliæ, Edmannian.,* 1769, 2 vol.
in-fol. texte à 2 col. demi-rel. v. granit.

    Ouvrage très-estimé.

203. Dictionarium saxonico et gothico-latinum, auctore
Edvardo Lye, accedunt fragmenta versionis Ulphilanæ,
necnon opuscula quædam anglo-saxonica, edidit Owen
Manning. *Londini, Allen,* 1772, 2 vol. pet. in-fol. texte à
2 colonnes, v. granit.

204. Etymologicum teutonicæ linguæ sive Dictionarium
teutonico-latinum, studio et opera C. Kiliani Dufflæi, cu-
rante Gerardo Hasselto Arnhemiensi. *Trajecti Batavorum,*
1777, in-4, v. antiq. fil. tr. marbr.

205. Johannis Georgii Scherzii Glossarium germanicum
medii ævi potissimum dialecti Suevicæ; edidit, illustravit,
supplevit Jeremias Jacobus Oberlinus. *Argentorati, Lo-
renzius et Schulerus,* 1781-1784, 2 vol. in-fol. texte à 2 col.
v. antiq. marbr.

206. Grammatisch-kritisches Wörterbuch der hochdeut-
schen Mundart, von Johann Christoph Adelung. *Leipzig,
Breitkopf,* 1793, 4 vol. in-4, texte à 2 col. demi-rel. avec
coins, v. fauve antiq.

207. Althochdeutscher Sprachschatz oder Wörterbuch der althochdeutschen Sprache von Graff. *Berlin,* 1834, 7 tom. en 4 vol. in-4, texte à 2 col. demi-rel. avec coins, vélin antiq.

208. Vergleichendes Wörterbuch der gothischen Sprache, von Lorenz Diefenbach. *Frankfurt-am-Main, Baer,* 1851, 2 vol. in-8, demi-rel. v. bleu.

209. Nouvelle Méthode pour apprendre l'allemand, par Ollendorf. *Paris, chez l'auteur,* 1857-59, 2 tom. en 1 fort vol. in-8, demi-rel. chagr. noir, tr. jasp.

210. Sammlung und Abstammung germanischer Wurzelwœrter..., herausgegeben von Johann Georg Meusel. *Halle,* 1776, in-4, demi-rel. v. f.

211. Remarques sur les germanismes, ouvrage utile aux Allemands, François, Hollandois, etc. (par Mauvillon). *Amsterdam, Arkstée,* 1764, 2 vol. in-12, demi-rel. v. violet, tr. jasp.

212. Dictionarium germanico-gallico-latinum per Nathanael Duez. *Amsterdam, L. und D. Elzevier,* 1664, in-4, v. marbr.

213. Nouveau Dictionnaire du voyageur françois-allemand-latin et allemand-françois-latin. *Basle, Brandmüller,* 1746, 2 vol. in-8, frontisp. grav. v. antiq. marbré.

    Le frontispice est teinté d'un mauvais coloris.

214. Nouveau Dictionnaire françois-allemand et allemand-françois à l'usage des deux nations (par J. H. Silbermann). *Strasbourg et Paris, an VIII et IX,* 2 vol. in-4, texte à 3 col. cartonné.

215. Gerhard Schellers deutsch-lateinisches und lateinisch-deutsches Lexikon oder Wœrterbuch. *Leipzig,* 1804-1805, 7 vol. in-8, bas.

216. Wœrterbuch der deutschen Sprache, veranstaltet und herausgegeben von Joachim Heinrich Campe. *Braunschweig,* 1807-1811, 5 vol. — Wœrterbuch für Erklärung und Verdeutschung der unserer Sprache aufgedrungenen fremden Ausdrücke, von Joachim Heinrich Campe. *Braunschweig,* 1813, 1 vol. Ensemble 6 vol. in-4, texte à 2 col. demi-rel. avec coins, bas.

217. Neuestes deutsch-böhmisches und böhmisch-deutsches Taschenwœrterbuch, von Carl Ignaz Tham. *Prag,* 1814-1818, 2 vol. in-12, demi-rel.

218. Glossarium germanico-latinum vocum obsoletarum
primi et medii ævi, imprimis Bavaricarum, collectum a
Laur. de Westenrieder. *Monachii, typis Jos. Zangliani*,
1816, pet. in-fol. texte à 2 col. 2 planches de caractères,
demi-rel. avec coins, vél. blanc, tr. rouge.

Première partie, seule parue.

219. Die Sprache der alten Preussen; Einleitung, Ueberreste,
Sprachlehre, Wörterbuch, aufgestellt von Johann Severin
Vater. *Braunschweig*, 1821, in-8, demi-rel. v. fauve, tr.
marbr.

220. Deutsch-lateinisches Lexikon, aus den römischen Clas-
sikern zusammengetragen, bearbeitet von Fr. Carl Kraft.
Leipzig, 1824-1825, 2 vol. in-8, demi-rel. v. f.

221. Dictionnaire classique français-allemand et allemand-
français à l'usage des collèges. *Strasbourg, Levrault*,
1832, 2 parties en 1 vol. in-8, texte à 3 col. demi-cartonn.
toile.

222. Wörterbuch der deutschen Sprache, in Beziehung
auf Abstammung und Begriffsbildung, von Conrad
Schwenck. 3. Auflage. *Frankfurt-a.-M.* 1838, in-8, demi-
rel. v. bleu.

223. Etymologisch-symbolisch-mythologisches Real-Wör-
terbuch, von F. Nork. *Stuttgart*, 1843-1845, 4 tomes en
un vol. in-8, demi-rel. chagr. vert.

224. Vollständiges stamm und sinnverwandtschaftliches
Gesammt-Wörterbuch der deutschen Sprache aus allen
ihren Mundarten und mit allen Fremdwörtern, von Dr
Jacob Heinrich Kaltschmidt. *Nordlingen*, 1850, in-4, demi-rel. v. bleu.

225. Lexicon der Luxemburger Umgangssprache von J. F.
Gangler. *Luxemburg*, 1847, in-8, demi-rel. v. bl.

------

226. Le Origini della lingua italiana compilate dal Sᵣᵒ Egidio
Menagio. *In Geneva, Chouet*, 1685, in-fol. texte à 2 col.
demi-rel. chagrin rouge.

227. Sinonimi ed aggiunte italiani raccolti dal padre Cardo
Costanzo Rabbi. *In Vinezia*, 1764, 2 part. en 1 vol. in-4,
demi-rel. bas.

228. Dictionnaire des idiotismes italiens-français et français-

italiens, par Giacomo Polesi. *Paris, Oudry,* 1829, 2 tom.
en 1 vol. in-8, texte à 2 col. demi-rel. av. coins, v. vert,
fil. tr. marbr.

229. Voci e maniere di dire Italiane additate a' futuri voca-
bularisti da Giovanni Gherardini. *Milano,* 1838, 2 vol. gr.
in-8, texte à 2 col. demi-rel. bas. verte, tr. jasp.

230. Il Dittionario di Ambrogio Calepino dalla lingua latina
nella volgare brevemente ridotto, per lo signor Lucio Mi-
nerbi a commune utilità delli studiosi giovani et di chiun-
que altro, che della lingua volgare si diletta. *A San Luca,*
1553, pet. in-fol. texte à 2 col. demi-rel. bas.

231. Dittionario italiano et francese et francese-italiano, per
Filippo Venuti. *Geneva, Choueto,* 1644. 2 part. en 1 fort
vol. in-8, texte à 2 col. vél. antiq.

232. Vocabolario degli academici della Crusca (par Alessan-
dro Segni Vsegret). *In Firenze, stamperia dell' Accademia
della Crusca,* 1691, 3 tom. en 2 vol. in-fol. texte à 2 col.
encad. de fil. noirs, fleuron gravé sur le titre, v. antiq.
marbr.

233. Vocabolario degli accademici della Crusca, impressione
Napolitana secondo l'Ultima di Firenze con la giunta di
molte voci raccolte dagli autori approvati della stessa accademia. *In Napoli,* 1746-1748. 6 vol. in-fol. texte à 2 col.
v. antiq. marbr. fil.

> Cette édition, dans laquelle se trouve la *Giunta de' vocabuli,* est estimée
> à cause des augmentations qu'elle contient.
> Bel exemplaire aux armes de Perrinet.

234. Vocabolario degli accademici della Crusca (autore Antonio Cesari). *Verona, Ramanzini,* 1806, 7 vol. in-4, texte
à 3 col. demi-rel. avec coins parchem. vert.

235. V. Monti. Proposta di alcuni correzioni ed aggiunte al
Vocabolario della Crusca. *Milano, dall' Impr. regia stamperia,* 1817-1824, 4 tomes en 7 vol. in-8, demi-rel. v. vert,
tr. jasp.

> Première édition de cet important ouvrage renfermant, outre les cor-
> rections de Monti, des dissertations de MM. Lanceti, Gerardini, le comte
> Jules Perticari et autres, etc.

236. Dizionario della lingua italiana. *Padova,* 1827-1830.
7 vol. gr. in-8, texte à 2 col. demi-rel. chagr. viol. tr.
jasp.

237. Vocabolario universale italiano, compilato a cura della

Società tipografica Tramater et C¹. *Napoli, dai Torchi del Tramater*, 1829 à 1840, 7 vol. in-4, texte à 2 col. demi-rel. v. fauve, dos orné, tr. marbr.

Exemplaire ayant fait partie de la Bibliothèque de la reine Marie-Amélie.

238. Grand Dictionnaire français-italien et italien-français, par J.-Ph. Barberi, continué et terminé par MM. Basti et Cerati. *Paris, Jules Renouard*, 1838, 2 vol. in-4, texte à 3 col. demi-rel. v. blanc.

239. Dizionario figurativo della lingua italiana di Giuseppe Elena. *Milano*, 1841, gr. in-8, nombr. figures lithogr. dans le texte, cart.

240. Lessigrafia italiana, o sia maniera di scrivere le parole italiane proposta da Giovanni Gherardini e messa a confronto con quella insegnata dal vocabolario della Crusca. *Milano*, 1843, gr. in-8, texte à 2 col. demi-rel. bas. viol.

241. La Crusca provenzale, ovvero le Voci, Frasi, Forme, e Maniere di dire che la gentilissima e celebre lingua toscana ha preso dalla provenzale, opera di don Antonio Bastero. *In Roma*, 1724, *Antonio de' Rossi*, in-4, texte à 2 colonnes, frontisp. gravé, cartonné non rogné.

242. Vocabolario bresciano-italiano, compilato da Giov.-Batista Melchiori. *Brescia, Franzoni e Socio*, 1817, 2 tomes en 1 vol. in-8, texte à 2 col. demi-rel. v. fauve.

243. Piccolo Vocabolario veronese e toscano dell' abate Gaetano Angeli. *Verona, Eredi Moroni*, 1821, in-8 de 96 pages, texte à 2 col. broché.

244. Dizionario domestico pavese-italiano. *Pavia, Bizzioni,* 1829, 2 part. en 1 vol. in-8, texte à 2 col. broché.

245. Vocabolario milanese-italiano di Francesco Cherubini. *Milano*, 1839, 2 vol. gr. in-8, texte à 2 col. demi-rel. bas. verte, tr. jasp.

246. Dizionario del dialetto veneziano, di Giuseppe Boerio. *Venezia, Santini e figlio*, 1829, in-4, texte à 3 col. demi-rel. chagr. noir.

247. Dizionario tascabile veneziano-italiano, di Ermolao Paolletti. *Venezia, Andreola*, 1851, in-12, texte à 2 col. cartonné.

248. Del Dialetto Napoletano. — Lo Vernacchio, risposta a lo dialetto napoletano. *Napoli, Porcelli*, 1789, 2 parties en 1 vol. in-12, vél. antiq.

249. The Alphabet of the primitive language of Spain, and
a examination of the antiquity and civilization of the
basque people; extract from the works of don Juan Ban-
tista de Erro. *Boston, Butts*, 1829, in-8, v. bleu, fil. comp.
à froid sur les plats, tr. dor.

> Sur la garde de ce volume se trouve une dédicace de l'auteur George
> W. Erving adressée au roi Louis-Philippe Ier.

250. Tesoro de las tres lenguas española, francesa y italiana.
Thresor des trois langues, espagnole, françoise et italienne,
le tout recueilli des plus célèbres auteurs, par Hierosme
Victor, Bolonnois *A Genève, Jaq. Crespin*, 1644, in-4,
texte à 2 col. parch. antiq.

251. DICCIONARIO DE LA LENGUA CASTELLANA, compuesto por
la real Academia española. *Madrid, del Hierro*, 1726 à
1738, 6 vol. in-fol. texte à 2 col. frontisp. par Ant Palo-
mino, v. antiq. marbré.

> Ce dictionnaire est très-recherché et les exemplaires en sont devenus
> rares. On trouve, au commencement du 1er volume, une préface relative
> à la composition de ce grand ouvrage, trois discours sur l'origine de la
> langue castillane, sur les étymologies et sur l'orthographe, avec une
> liste des auteurs choisis par l'Académie pour servir d'autorité à ses déci-
> sions.

252. Dicionario de la lengua castellana, compuesto por la
real Academia española. *Madrid, don Joaquin Harra*, 1803,
in-4. texte à 3 col. demi-rel. v. fauve.

253. A Dictionary spanish and english and english and spanish, by Joseph Giral Delpino. *London, Millar*, 1763, 2 parties en 1 vol. in-fol. texte à 3 col. bas.

254. Diccionario de la lengua castellana, compuesto por la
real Academia española, reducido à uno tomo. *Madrid,
Joaquin Harra*, 1780, in-fol. texte à 3 col. bas.

> Piqûres de rouille.

255. Diccionario de la lengua castellana, compuesto por la
real academia espanola. *Madrid*, 1803, in-4, texte à 3 col.
bas. rac.

---

256. Nouvelle Grammaire portugaise, suivie de plusieurs
essais de traduction interlinéaire et de morceaux des
meilleurs classiques portugais, par Sané. *Paris, Cérioux*,
s. d., in-8, demi-rel. bas. fauve, tr. jasp.

257. Novo Dictionnario critico et etymologico da lingua
portugueza, precedido de huma introduccão grammatical,

por Francisco Solano Constancio. *Paris, Casimir*, 1836, in-4, texte à 3 col. v. racine.

258. Le Grand Dictionnaire françois et flamand, par François Halma. *A Leyde et Utrecht*, 1761, 2 vol. in-4, frontisp. grav. par Wandelaar, demi-rel. bas.

259. Nouveau Dictionnaire français-hollandais et hollandais-français, par l'abbé Olinger. *Bruxelles, Dewasme-Ptesinkx*, 1828. 2 vol. grand in-8, texte à 3 col., demi-rel. v. fauve, tr. marbr.

260. Niew Vlaemsch-Fransch Woordenboek. — Nouveau Dictionnaire flamand-français et français-flamand, par l'abbé Olinger. *Malines, Hanicq*, 1842, 2 vol. in-4, texte à 2 col. demi-rel. v. bleu, tr. jasp.

261. Histoire de la langue et de la littérature des Slaves, Russes, Serbes, Bohêmes, Polonais et Lettons, par Eichhoff. *Paris, Cherbuliez*, 1839, in-8, demi-rel. v. vert, tr. jasp.

262. Lexicon linguæ Slovenicæ veteris dialecti, edidit Miklosich. *Vindobonæ, Braumüller*, 1850, in-4, texte à 2 col. papier vélin, non relié, ébarb.

263. Grammaire paléoslave, suivie de textes tirés des manuscrits et du psautier de Bologne, par Alexandre Chodzko. *Paris, Imprimerie impériale*, 1869, in-8, demi-rel. v. fauve, tr. jasp.

264. Grammaire russe, divisée en 4 parties, avec appendice sur la langue slavonne, par Hamonière. *Paris, Barrois*, 1817, in-8, planche d'écriture grav. demi-rel. bas. fauve, tr. jasp.

265. Grammaire raisonnée de la langue russe, précédée d'une introduction sur l'histoire de cet idiome, par Nicol Gretsch, traduit par C.-P. Reiff. *Saint-Pétersbourg, Gretsch*, 1828-29, 2 tom. en 1 fort vol. in-8, demi-rel. chagr. noir, tr. jasp.

266. Nouveau Dictionnaire russe-françois et allemand, d'après le dictionnaire de l'Académie russe, par Jean Heym. *Mockba*, 1802, 3 part. en un 1 fort vol. in-4, texte à 2 col., tr. jasp.

267. Slownik polsko-francuski (Dictionnaire polonais-français) 3 vol. — Dictionnaire français-polonais, 1 vol. *Berlin*,

Behr, s. d., ens. 4 forts vol. pet. in-12, texte à 2 col. broch.

268. Grammaire analytique et pratique de la langue polonaise, par Orda. *Paris, Martinet*, 1856, in-8, demi-rel. v. vert, tr. jasp.

269. Ricsoslovnik (Vocabolario-Wœrterbuch) illiricskoga, italianskoga i nimacskoga. *U Becsu (Vienna)*, 1803, 1 fort vol. in-8, demi-rel. chagrin viol.

270. Grammaticæ lingæ ungaricæ a Paulo Pereszlenyi. *Tyrnaviæ, Hœrmann*, 1702, in-12, parch. antiq.

271. Forsog til et Lexicon over danske, norske og islandske loerde Moend..., af Jens Worm. *Helsingoer*, 1771-1784, 3 vol. in-8, demi-rel.

272. Dictionnaire royal af Hans von Aphelens. *Kiobenhavn*, 1773-1775, 3 vol. in-4, texte à 3 col., v. antiq. marbr.
> Dictionnaire français-danois et danois-français.

273. Dictionnaire français-suédois, composé sur ceux de l'Académie française et de M. Salhstedt, par M. Weste. *Stockholm, Sohm*, 1807, 2 vol. in-8, texte à 2 col. demi-rel. av. coins v. granit, tr. jasp.
> Tomes III et IV de la collection du : *Parallèle des langues française et suédoise.*

274. Lexicon lapponicum latino-suecanum, illust. J. Hire grammatica lapponica a don Erico Lindahl et J. Ohrling. *Holmiæ*, 1780, in-4, demi-rel., tr. jasp.
> Rare.

275. Lexicon islandico-latino-danicum Biörnonis Haldorsonii, editum cura R.-K. Raskii, præfatus est Müller. *Hauniæ*, 1814, 2 tom. en 1 vol. in-4, texte à 2 col. demi-rel. v. violet.

LANGUES D'ASIE

*(Journal asiatique), Sanscrit, Hébreu, Arabe, Turc,
Arménien, Georgien, Persan,
Hindoui, Mandchou, Siamois, Chinois, Japonais.*

276. The Asiatic Journal. *London*, 1816 à 1835, 19 vol. in-8, demi-rel. bas. f.
> Mq. les vol. 10 et 13 à 19 de la première série.
> La deuxième série est incomplète aussi de plusieurs volumes.

277. JOURNAL ASIATIQUE, ou Recueil de mémoires, d'extraits et de notices relatifs à l'histoire, à la philosophie, aux langues et à la littérature des peuples orientaux. *Paris, Imprimerie royale et nationale*, 1828 à 1880, 97 vol. in-8, demi-rel. v. et fascicules.

> Deuxième série. — 1828 à 1835, 16 vol.
> Troisième série. — 1836 à 1842, 14 vol.
> Quatrième série. — 1843 à 1852, 20 vol.
> Cinquième série. — 1853 à 1862, 20 vol.
> Sixième série. — 1863 à 1872, 20 vol.
> Septième série. — 1873 à 1880, 7 vol., et à partir du second semestre de 1876 en fascicules.
> La reliure de cette collection n'est pas uniforme.

278. Vyacarana, seu locupletissima Samscrdamicæ linguæ institutio, a Paulino A. S Bartholomæo. *Romæ*, 1804, *typis S. Congr. de prop. fide*, in-4, demi-rel. av. coins, v. fauv. tranch. marbr.

279. Grammaire sanscrite française, par Desgranges. *Paris, Imprimerie royale*, 1845-47, 2 vol. gr. in-4, broch.

280. La Langue française dans ses rapports avec le sanscrit et avec les autres langues indo-européennes, par Louis De-latre. *Paris, Didot*, 1854, in-8, demi-cartonn. toile verte.

> Tome Ier, première partie : Labiales.

281. Glossarium sanscritum, in quo radices et vocabula usi-tatissima explicantur et cum vocabulis græcis, latinis, germanicis, lithuanicis, slavicis, celticis comparantur, a Francisco Bopp. *Berolini, Grübb et Harrwitz*, 1847, in-4, texte à 2 col. demi-rel. bas. tr. jasp.

282. Dictionnaire classique sanscrit-français, où sont coor-donnés, revisés et complétés les travaux de Wilson, Boop, Westergaard, Johnson, etc., etc., par Émile Burnouf et Leaupol. *Paris, Duprat*, gr. in-8 à 2 col. demi-rel. v. gra-nite tr. jasp.

283. Sept Stuttas pālis, tirés du Dîgha-Nikâya, par M. P. Grim-blot, traductions diverses anglaises et françaises. *Paris, Impr. nationale*, 1876, gr. in-8 br.

284. Exposé des éléments de la grammaire assyrienne, par Joachim Ménant. *Paris, Imprimerie impériale*, 1868, in-4, demi-rel. v. fauv. tr. jasp.

285. Histoire générale et système comparé des langues sémi-tiques, par Ernest Renan : première partie : Histoire géné-rale des langues sémitiques. *Paris, Imprimerie impériale*, 1855, grand in-8 broché.

286. Mosis Kimchi Odoiporia ad scientiam, cum expositione
doctoris Eliæ; item introductio Benjamin Judæ, authore
Constantino l'Empereur. *Lugduni Batavorum, Bonaventure
et Abraham Elzévir*, 1631, in-12 bas.

>   Aux armes de P.-D. Huet, évêque d'Avranches.
>   Grammaire chaldaïque écrite en hébreu.

287. La Langue hébraïque restituée et le véritable sens des
mots hébreux rétabli et prouvé par leur analyse radicale,
par Fabre d'Olivet. *Paris, l'auteur*, 1815-1816, 2 vol.
in-4 br.

288. Grammaire hébraïque, raisonnée et comparée, par
Sarchi. *Paris, Dondey-Dupré*, 1828, in-8, demi-rel. v.
fauv. tr. jasp.

289. Anthologia hebraica cum lexico, edidit Pet. Em.
Tiboni. *Patavii, typis Seminarii*, 1833, grand in-8, demi-
rel. bas. et tr. jasp.

290. Clef de l'interprétation hébraïque, ou Analyse étymologique des racines de cette langue, par Et. de Campos-
Leyza. *Bordeaux, Crugy*, 1872, gr. in-8, demi-rel. v. bleu,
tr. jasp.

291. Johannis Buxtorfii Lexicon chaldaicum, talmudicum
et rabbinicum. *Basile, L. Kœning*, 1639, in-fol. v. br.
(*Reliure fatiguée.*)

292. Guil. Gesenii Thesaurus philologicus criticus linguæ
Hebrææ et Chaldææ Veteris Testamenti. *Lipsiæ*, 1835,
fort vol. in-4 de 1520 pages et index, texte à 2 col. demi-
rel. avec coins cuir de Russie.

293. Joa. Simonis : Lexicon manuale hebraïcum et chaldaïcum in Veteris Testamenti libros post Godofr. Eichornii
curas, ordine etymologico descriptum ; emendavit, auxit et
edidit G. Bened. Winer. *Lipsiæ, Fleischer*, 1828, vol. in-8,
dem. rel. bas. tr. jasp.

294. Lexicon manuale hebraïcum et chaldaïcum in Veteris
Testamenti libros ; elaboravit et auxit Guil. Gesenius. Editio recognita ab Hoffmano. *Lipsiæ, Vogelii*, 1847, in-8,
texte à 2 col. demi-rel. bas.

295. Fabrica linguæ arabicæ cum interpretatione latina et
italica, authore F. Dominico Germano, de Silesia. *Romæ,
typis S. Congr. de prop. fide*, 1639, in-fol. texte à 2 col.
bas. verte dent. sur les plats.

296. Chrestomathie arabe, ou extraits de divers écrivains
arabes en prose et en vers, par Silvestre de Sacy. *Paris,
Imprimerie impériale*, 1806, 3 vol. in-8, cartonn. non
rogné.

Le premier volume contient le texte arabe et les 2 autres la traduction.

297. Grammaire de la langue arabe vulgaire et littérale,
ouvrage posthume de M. Savary, traducteur du Coran,
augmenté de contes arabes par l'éditeur (Langlès). *Paris,
Imprimerie impériale*, 1813, in-4, broché.

298. Compendio gramatical para aprender la lengua arabiga,
asi sabia como vulgar, por Don Manuel Bacas Merino.
Madrid, Sancha, 1807, in-4, maroq. roug. dent. sur les
plats, doublé de tabis bleu, tr. dor.

299. Thomæ Epernii Grammatica arabica; accedunt Locmani
sapientis fabulæ et selectæ quædam Arabum sententiæ.
Romæ, in collegio urbano, 1829, in-8, demi-rel. v. brun,
tr. jasp.

300. Jacobi Golii Lexicon arabico-latinum, contextum ex
probatioribus orientis lexicographis; accedit index latinus
qui lexici latino-arabici vicem explere possit. *Lugduni
Batavorum, Bonav. et Abrah. Elzevir*. 1653, un fort vol.
in-fol. texte à 2 col. bas. tr. jasp.

301. Jacobi Schneidii Glossarium arabico-latinum manuale
maximam partem e Lexico Goliano excerptum, editio altera.
Lugduni Batavorum, 1787, in-4, cart. n. rog.

302. Lexicon arabico-latinum ex opere suo maiore in usum
Tironum excerptum, edidit G. W. Freytag. *Halis Saxo-
num*, 1837, fort vol. in-4, texte à 2 col. demi-rel. v.

303. Dictionnaire français-arabe (idiome parlé en Algérie),
par Paulmier, vérifié par plusieurs savants indigènes. *Paris, Hachette*, 1860, fort vol. in-12, texte à 2 col. cartonn.
tr. jasp.

304. Dictionnaire de la langue berbère, expliqué en français
et en idiome barbaresque, précédé d'une grammaire berbère, par M. Venture. *S. l.*, 1838, in-fol. titre et texte et
manuscrits, cartonn. non rogné.

Copie manuscrite, faite en 1838, d'après le dictionnaire original composé en 1787, par Venture de Paradis, à Alger, donné par l'auteur à
Volney qui en fit don à la Bibliothèque nationale de France.

305. Grammaire théorique et pratique de la langue turque

parlée à Constantinople, par Artin Hindoglon, de Koutaïeh. *Paris, Dondey-Dupré*, 1834, in-8, demi-rel. bas. fauv. tr. jasp.

306. Grammaire française-turque. *S. l. n. d.*, in-8, texte encadré de fil. noirs, demi-rel. v. brun, tr. jasp.

> Texte turque et traduction française.

307. Grammaire de la langue turque traduite de Rudimenta gammatices linguæ turcicæ auctore Andrea Du Ryer. — Fables de Locman avec la traduction française et les fables correspondantes de Phèdre, Ésope, Faerne, la Fontaine, etc., par Bertrand. *Versailles*, 1832, 2 ouvr. en un vol. in-12, demi-rel. bas. viol.

> Ces deux ouvrages sont écrits de la main de l'abbé Bertrand.

308. Grammaire de la langue arménienne d'après les auteurs originaux et suivant les usages particuliers de l'idiome haïkien, par Cirbied, Arménien. *Paris, Éverat*, 1823. — Réfutation d'une critique insérée dans le 11e cahier du Journal de la Société asiatique de Paris au sujet de la grammaire de M. Cirbied, par l'auteur. *Paris, Éverat*, 1823. — Réponse de M. Zohrab à une brochure de Cirbied. *Paris, Dondey-Dupré*, 1823, 3 ouvr. en 1 fort vol. in-8, demi-rel. v. viol. tr. marbr.

309. Dictionnaire arménien-français et français-arménien, par Ambroise Calfa. *Paris, Hachette*, 1861, 1 fort vol. in-12, texte à 2 col. cartonn.

310. Vocabulaire de la langue géorgienne, par M. Klaproth. *Paris, Dondey-Dupré*, 1827, in-8, texte à 2 col. demi-rel. v. brun.

311. Gazophylacium linguæ Persarum, triplici linguarum clavi, italicæ, latinæ, gallicæ, authore reverendo adm. P. Angelo à S. Joseph. *Amstelodami, ex officina Jansonio-Waesbergiana, anno* 1684, in-fol. v. brun.

> Le véritable nom du P. Ange de S. Joseph, est De la Brosse. Il mourut à Perpignan en 1697.

312. Grammaire persane, traduite de l'anglais de M. Jones. *Londres, Cadell*, 1772, in-8, demi-rel. bas. tr. jasp.

313. A Grammar of the Persian language, by the late sir William Jones. *London, Murray et Highley*, 1797, in-4, v. gran.

314. Grammaire persane, ou Principes de l'iranien mo-

derne, par Alex. Chodzko. *Paris, Imprimerie nationale,* 1852, in-8, demi-rel. bas. tr. jasp.

315. Kechf Alloghat. Explication du vocabulaire, in-4, v. ant. fil. à compart. (*Reliure orientale.*)

Manuscrit persan.

316. A compendious Vocabulary english and persian, by Francis Gladwin. *Malda in Bengal,* 1780, in-4, texte à 2 col. demi-rel. bas. tr. jasp.

317. Dictionnaire persan-français, avec table alphabétique pour servir de dictionnaire français-persan et un tableau comparatif de l'ère mahométane et de l'ère chrétienne, par Adolphe Bergé. *Paris, Maisonneuve,* 1868, in-12, texte à 2 col. cartonné.

318. A Grammar of the hindustani language, by John Shakespeare. *London, printed for the author,* 1813, in-4, demi-rel. v. br.

319. Rudimens de la langue hindoustani, par Garcin de Tassy. *Paris, Imprimerie royale,* 1829. — Appendice aux rudiments de la langue hindoustani, contenant des lettres originales, avec traduction et fac-similé, par Garcin de Tassy. *Paris, Imprimerie royale,* 1833, 2 part. en 1 vol. in-4, 7 planches de fac-similés, demi-rel. bas. tr. jasp.

320. Manuel de l'auditeur du cours d'hindoustani, ou Thèmes gradués pour exercer à la conversation et au style, avec un vocabulaire français-hindoustani (par Garcin de Tassy). *Paris, Imprimerie royale,* 1836, in-8, demi-rel. bas. tr. jasp.

321. Rudiments de la langue hindoui, par Garcin de Tassy. *Paris, Imprimerie royale,* 1847, in-8, demi-rel. bas. tr. jasp.

322. La Langue et la Littérature hindoustanie de 1850 à 1869, par Garcin de Tassy. *Paris, Maisonneuve,* 1874, in-8, broché. — La Langue et la Littérature hindoustanienne en 1870. *Paris, Labitte,* 1871, brochure de 48 pages, etc., ensemble 8 part. in-8.

323. Chrestomathie hindoustani (Urdû et Dakhnî), par Pavie et l'abbé Bertrand. *Paris, Dondey-Dupré,* 1847, pet. in-4, texte à 2 col. demi-rel. v. fauve, tr. jasp.

324. Chrestomathie hindie et hindouie (par Garcin de Tassy). *Paris, Imprimerie nationale,* 1849, 2 part. en 1 vol. in-8, demi-rel. bas. tr. jasp.

325. A Dictionary Hindoostanee and English, originally compiled for his own private use by capt. Joseph Taylor, revised and prepared for the press, with the assistance of learned natives in the college of fort William by W. Hunter. *Calcutta*, 1808, 2 vol. in-4, demi-rel. v.

326. A Dictionary hindustani and english with a copious index, fitting the work to serve also as a Dictionary english an hindustani ; by John Shakespeare. *London, Cox and Son*, 1834, 2 part. en 1 fort vol. in—4, texte à 2 col. pour le Dictionn. et à 4 col. pour l'index, demi-rel. bas.

327. Vocabulaire hindoustani-français, pour le texte des aventures de Kamrup, édité par Garcin de Tassy, par l'abbé Bertrand. *Paris, Duprat*, 1858, in-8, texte à 2 col. demi-rel. bas. tr. jasp.

328. Mélanges orientaux. Recueil de diverses pièces de M. Garcin de Tassy, en 1 vol. in-8, demi-rel. bas. r.

 Description des monuments de Dehli en 1852. *Paris*, 1861. — Les auteurs hindoustanis et leurs ouvrages. *Paris*, 1868. — Conseils aux mauvais poètes. *Paris*, 1826. — Lettre sur le Mantic Uttair (langage des oiseaux). *Paris*, 1851, etc.

329. Recueil de 11 pièces, textes indiens, en un vol. in-8, demi-rel.

330. Essai sur le Pâli, ou langue sacrée de la presqu'île au-delà du Gange, avec notice des manuscrits pâlis de la bibliothèque du Roi, par Burnouf et Lassen. *Paris, Dondey-Dupré*, 1826, in 8, 6 planches lithogr. demi-rel. v. fauv. tr. jasp.

331. Grammaire de la langue tibétaine, par Foucaux. *Paris, Imprimerie impériale*, 1858, in-8, demi-rel. v. violet, tr. jasp.

332. Alphabetum tibetanum missionum apostolicarum commodo editum, studio et labore Fr. Augustini Antonii Georgii, eremitæ augustiniani. *Romæ, typis Sanct. Congreg. de propag. fide*, 1762, in-4, fleur. grav. sur le titre, planches grav. et pliées, demi-rel. bas.

333. Alphabet mantchou, rédigé d'après le syllabaire et le dictionnaire de cette langue, par Lenglès, augmentée d'une notice sur l'origine, l'histoire et les travaux littéraires des Mantchoux. *Paris, Imprimerie impériale*, 1807, in-8, demi-rel. bas. fauv. tr. jasp.

334. Chrestomathie mandchou, ou recueil de textes mand-

chou, par Klaproth. *Paris, Imprimerie royale*, 1828, in-8, demi-rel. bas. tr. jasp.

335. Dictionarium latino-anamiticum, anamatico-latinum, auctore J. L. Taberd. *Fredericnagori, vulgo Serampore, ex typis J. C. Marshman*, 1838. 2 vol. in-4 à 3 col. demi-rel. v. f. tr. jasp.

336. Dictionarium linguæ Thai sive Siamensis interpretatione latina, gallica et anglica illustratum auctore D. J. B. Pallegoix. *Parisiis, Typogr. imp.*, 1854, gr. in-4, demi-rel. bas. f. tr, jasp.

337. Éléments de la grammaire chinoise, ou principes généraux du Kou-Wen ou style antique et du Kouan-Hoa, c'est-à-dire de la langue commune généralement usitée dans l'empire chinois, par Abel Rémusat, *Paris, Imprimerie royale*, 1822, in-8, demi-rel. v. fauve, tr. jasp.

338. Syntaxe nouvelle de la langue chinoise, par Stanislas Julien. *Paris, Maisonneuve*, 1869, gr. in-8, demi-rel. chagr. viol. tr. jasp. (Tome premier.)

339. Grammaire de la langue chinoise orale et écrite, par Paul Perny. *Paris, Maisonneuve*, 1873-76, 3 vol. gr. in-8, demi-rel. chag. bleu, tr. jasp.

340. Essai sur la langue et la littérature chinoises, par Abel Rémusat. *Paris, Treuttel et Würts*, 1811, in-8, 5 planches de texte chinois, demi-rel. bas. v. tr. jasp.

341. Chrestomathie chinoise, publiée aux frais de la Société asiatique. *Paris*, 1833, in-4, demi-rel. chagr. viol.

342. Dictionnaire chinois, français et latin, publié d'après l'ordre de Sa Majesté l'Empereur et Roi Napoléon le Grand, par M. de Guignes, résident de France à la Chine. *A Paris, de l'Imprimerie impériale*, 1813, gr. vol. in-fol. demi-rel. v. f. tr. jasp.

343. Dictionnaire encyclopédique de la langue chinoise, par J.-M. Callery. *Paris, Benj. Duprat*, 1845, gr. in-8, demi-rel. bas. (Tome premier.)

344. Dictionnaire français-latin-chinois de la langue mandarine parlée, par Paul Perny. *Paris, Firm. Didot*, 1869, 2 vol. gr. in-4, dont un d'appendice. demi-rel. chag. noir tr. jasp.

345. Éléments de la grammaire japonaise, par le P. Rodriguez, traduits du portugais sur le manuscrit de la *Bibliothèque du Roi*, par Landresse, avec explication des syllabaires

japonais, par Abel Rémusat. *Paris, Dondey-Dupré*, 1825
— Supplément à la grammaire japonaise de Rodriguez,
ou remarques tirées de la grammaire en espagnol du
P. Oyanguren et traduite par Landresse, précédée d'une
notice comparative, par le baron Humboldt. *Paris, Dondey-
Dupré*, 1826. — 2 ouvr. en 1 vol. in-8, 2 planches de fig.
demi-rel. bas, tr. jasp.

LANGUES D'AFRIQUE

346. Athanasii Kircheri Fuldensis Buchonii e Soc. Jesu, Pro-
dromus coptus sive ægyptiacus. *Romæ, typis S. Congr. de
propag. fide*, 1636, in-4, fig. dans le texte, demi-rel. bas,
tr.jasp.

347. Recherches critiques et historiques sur la langue et la
littérature de l'Égypte, par Etienne Quatremère. *Paris,
Imprimerie impériale*, 1808, in-8, demi-rel. v. brun, tr.
jasp.

348. Elementa linguæ ægyptiacæ vulgo copticæ, quæ audi-
toribus suis in patrio athenæo Pisano tradebat Hipp.
Rosellinius. *Romæ*, 1837, in-4, demi-rel. chag. br.

349. Ignatii Rossii Etymologiæ ægyptiacæ. *Romæ*, in-4,
demi-rel. v. viol. avec coins.

350. Lexicon æthiopicum, cum grammaticâ et indice vocum
latinarum; authore Jacobo Wemmers. *Romæ, typis et
impensis Sacræ Congregationis de propaganda fide*, 1638.—
Paradigmata de quatuor linguis orientalibus præcipuis arabica, armena, syra, æthiopica, authore Petro Victore
Caietano Palma. *Parisiis, Preuosteau*, 1596. — 2 ouv. en
1 vol. pet. in-4, demi-rel. bas. fauve, tr. jasp.

351. Iobi Ludolfi Lexicon æthiopico-latinum. Accedit index
latinus. *Francofurti ad Mænum, apud Joh. David Zunnerum*, 1699. Grammatica Amharica quæ vernacula est
Habessinorum, autore Iobo Ludolfo. *Francofurti ad
Mænum, apud Joh. David Zunnerum*, 1698. — 2 ouvr. en
1 vol. in-fol. texte à 2 col. fleur. grav. sur le titre du
deuxième ouvr. demi-rel. bas.

LANGUES D'AMÉRIQUE

352. Mémoire sur le système grammatical des langues de
quelques nations indiennes de l'Amérique du Nord, par

Et. du Ponceau. *Paris, Pihan de la Forest*, 1838, in-8, demi-rel. bas. non rog.

353. Études philologiques sur quelques langues sauvages de l'Amérique, par N. O., ancien missionnaire. — Jugement erroné de M. Ern. Renan sur les langues sauvages, par l'auteur des *Etudes philologiques. Montréal, Dawson Brothers*, 1866, 2 ouvr. en 1 vol. gr. in-8, demi-rel. v. fauv. tr. jasp.

354. Grammaire de la langue quichie espagnole-française, ouvrage accompagné de notes philologiques avec un vocabulaire, et suivi d'un essai sur la poésie, la musique, la danse et l'art dramatique chez les Mexicains et les Guatémaltèques avant la conquête, servant d'introduction au Rabinal Achi, drame indigène avec sa musique originale, texte quichi et traduction française en regard , recueilli par l'abbé Brasseur de Bourbourg. *Paris, Aug. Durand*, 1862, gr. in-8 br.

355. Dictionnaire de la langue déné-dindjié, dialecte montagnais ou chippewayan, peaux de lièvre et loucheux, précédé d'une monographie des Déné-Dindjié, d'une grammaire et de tableaux synoptiques des conjugaisons, par le R. P. E. Petitot. *Paris, Ern. Leroux*, 1876, gr. in-4, demi-rel. v. vert, tr. jasp.

356. MANUSCRIT TROANO. Études sur le système graphique et la langue des Mayas, par M. Brasseur de Bourbourg. *Paris, Impr. impériale*, 1869, 2 vol. in-4, planches de facsimilés en couleur, demi-rel. v. viol. tr. jasp.

Très-belle publication.

GÉOGRAPHIE, ATLAS

357. Ethicus et les ouvrages cosmographiques intitulés de ce nom, par M. d'Avezac. *Paris, Impr. nationale*, 1852, in-4, demi-rel. mar. r.

358. POMPONIUS MELA. De Situ Orbis, cum notis variorum. *Lugd. Bat., apud H. de Vogel*, 1646, in-12, titre gr. maroquin rouge, fil. tr. dor. (*Bozérian.*)

359. Cosmographie oder Beschreibung aller Länder, Herr-
schaften fürnemsten Stetten, Geschichten, Gebreuchen,
Hantierungen, etc., zum dritten Mal trefflich gemeret
und gebessert, von Seb. Munster. *Basil.*, 1567, 1 tome en
2 vol. in-fol. cartes gravées et figures en bois, bas. car.
goth.

    Exemplaire fatigué.

360. La Comosgraphie universelle de tout le monde, recueillie
par plusieurs auteurs et en partie par Munster, augmentée, ornée et enrichie par François de Belle - Forest,
Comingeois. *Paris, Nic. Chesneau*, 1575, 2 tomes en 3 vol.
in-fol. gravures sur bois et cartes, bas. (*Armoiries sur les
plats.*)

361. Theatrum orbis terrarum (authore Ortelio). *Antwerpiæ*,
1584, gr. in-fol. bas. *Cartes en couleurs.*

    La carte d'Amérique donne le détail de cette partie du monde avec
les découvertes faites à cette époque.

362. Géographie ancienne de d'Anville. *Paris, s. d.*, 3 vol.
in-12, frontispice gravé et *cartes*, demi-rel. bas.

363. Géographie ancienne, historique et comparée des
Gaules cisalpine et transalpine, par M. le baron Walckenaer.
Paris, P. Dufart, 1839, 3 vol. in-8, demi-rel. chag. vert.

364. La Topographie de l'Univers, par l'abbé Expilly. *Paris*,
1758, 2 vol. pet. in-8, cartes, mar. r. fil. tr. dor. (*Reliure
ancienne.*)

    Bel exemplaire aux armes de Mesdames de France, filles de Louis XV.

365. Géographie universelle, ou Description de toutes les parties du monde, par Malte-Brun. *Paris, administration des
publications populaires*, 1851-1853, 8 vol. gr. in-8, gravures sur acier, demi-rel. chagr. la Vall.

366. Vergleichendes Wörterbuch der alten, mitteleren und
neuen Geographie, von Bischoff und Möller. *Gotha,
Becker*, 1829, fort vol. in-8, texte à 2 col, demi-rel. v.
bleu.

367. Abrégé de géographie, par Balbi. *Paris, Renouard*,
1838, 2 vol. in-8, demi-rel. v. f.

368. An Encyclopedia of geography comprising a complete
description of the Earth, by Hugh Murray. *London*, 1840,
fort vol. in-8, vignettes dans le texte, cart.

369. Dictionnaire de géographie sacrée et ecclésiastique, par M. Benoist, publié par l'abbé Migne. *Paris*, 1848, 2 vol. grand in-8, texte à 2 col. broch.

370. Grand Dictionnaire de géographie universelle, ancienne et moderne, ou description de toutes les parties du monde, par M. Bescherelle aîné et M. Devars. *Paris, administration générale*, 1856, 4 vol. grand in-4, texte à 3 col. demi-rel. chagr. vert.

371. Theatrum præcipuarum urbium positarum ad Septentrionalem Europæ Plagam. *Amstelodami, ex officina Joannis Janssonii, s. a.*, in-fol. — Theatrum exhibens illustriores principisque Germaniæ superioris civitates. *Amstelodami, J. Janssonius*, 1657, 2 vol. in-fol. — Ens. 3 vol. in-fol., nombr. cartes et figures gravées, vélin blanc de Hollande à recouvr. comp. dorés sur les plats.

372. Portrait géographique et historique de l'Europe..... avec un abrégé de l'histoire de France (par Jean de Ninselin de Moraches). *A Paris, chez Charles Osmont*, 1674, 3 vol. in-12, mar. rouge, dos orné, fil. tr. dor. (*Rel. anc.*).

>Bel exemplaire aux armes de Jean-Baptiste Colbert.
>Il faudrait des cartes qui ne se trouvent pas dans l'exemplaire.

373. Zeiller (Math.) — Topographia. Beschreibung und Abbildung der vornehmsten OErter. *Francof. ad Moen.* 1635-1662, 13 parties en 3 vol. pet. in-fol., cartes et figures, reliés en bois recouvert en peau de truie.

374. Civitates orbis terrarum (auctor. Georgius Braun Agrippinensis). *S. a., s. l.*, 6 parties en 3 vol. in-fol. frontispices grav. nombr. figures gravées mont. sur onglets, bas. fil.

375. Atlas général des cinq parties du monde, 28 cartes dressées par un géographe du bureau et gravées par M. Rousset. *Paris et Versailles, s. d.* 28 cart. — La France et ses colonies; Atlas départemental publié par Michel fils aîné, dressé par A. Lorrain, et gravé par H. Dandeleux. *A Versailles, s. d.*, 94 cartes. — Ens. 122 cartes réunies en un vol. in-4, demi-rel. v. vert.

376. Atlas du Précis de la géographie universelle, ou Description de toutes les parties du monde, sur un plan nouveau, d'après les grandes divisions naturelles du globe : collection de cartes géographiques dirigées par Malte-Brun, dressées par Lapie et Poirson, et gravées par Tardieu et Chamouin. *Paris, Buisson*, 1810, in-fol. 24 cartes grav. demi-rel. v. vert, tr. jasp.

377. Atlas universel de géographie ancienne et moderne, précédé d'un abrégé de géographie physique et historique, par MM. Lapie père et fils. *Paris*, 1829, gr. in-fol. nombr. planches gravées et coloriées montées sur onglets, demi-rel. v. viol.

378. Atlas physique, politique et historique de l'Europe, formé de 30 cartes comprenant les 3ᵉ, 4ᵉ, 5ᵉ, 6ᵉ et 7ᵉ livraisons des Essais de géographie méthodique et comparative ou du Nouveau Cours de géographie générale, par Mᵐᵉ Denaix, gravé par Richard de Walh. *Paris, Kilian et Denaix*, 1829, in-fol. oblong, 32 gr. cart. demi-rel. avec coins chagr. fauve, fil.

> Les cartes sont teintées.

379. Les Beautés de la France, par N. de Fer, géographe de Sa Majesté Catholique et du Dauphin. *Paris, Danet*, 1724. Recueil de 68 planches grav. par Juselin, Starckmann, etc., et quelques planches de texte explicatif, reliées en 1 vol. in-4 oblong, bas.

380. Recueil de cartes de France, politique, industrielle, commerciale, classique et routière, par Noëllat. *Paris, Picquet*, 1834, in-fol. 11 gr. cart. grav. par Martin et Leroux, demi-rel. chagr. viol.

> Les cartes sont coloriées.

381. La Géographie, ou Description générale du royaume de France divisé en ses généralités, enrichie de cartes copiées d'après les originaux, plans des villes de guerre et chef-lieu des généralités et carte des environs, par Dumoulin. *Amsterdam, Rey*, 1762, 3 vol. in-8, nombr. planches grav. demi-rel. bas.

382. Géographie illustrée de la France et de ses colonies, par Jules Verne, précédée d'une étude sur la géographie générale de la France par Théophile Lavallée, illustrations par Clerget et Riou. *Paris, J. Hetzel, s. d.*, gr. in-8, texte à 2 col. nombr. gravures sur bois, demi-rel. bas. viol. tr. jasp.

383. Atlas géographique et statistique des départements de la France et des colonies, publié par Alexandre Baudouin. *Paris*, 1836, in-fol. 92 cartes intercal. dans le texte montées sur onglets, demi-cartonnage toile rouge.

384. Le Grand-Théâtre sacré du duché de Brabant, contenant la description de toutes les églises, etc. (traduite du latin de Sanderus), par Jacques Le Roy. *A la Haye, chez*

Gérard Bloch, 1734, 4 parties en 3 vol. in-fol. nombr. figures gravées, demi-rel. v. gris.

La plupart des planches ont été coloriées.

385. Atlas de Nederland. Recueil de cartes. *Amstelodami, Wisscher, s. d.*, in-fol. 56 cartes grav. et color. montées sur onglets, demi-rel. bas.

386. I. Carte chorographique des États du roi de Sardaigne en 12 feuilles, tirée de la fameuse carte de Borgonis. II. Carte chorographique des États de la république de Gênes en 8 feuilles, tirée de l'excellente carte en espagnol par Chaffrion, la même carte réduite en une feuille, par A. Dury. *S. l.*, 1765. Recueil de 21 cartes grav. mont. sur onglets, rel. en 1 vol. in-fol. demi-rel. avec coins bas.

387. Topographisches Lexicon, oder General-Verzeichniss aller in den österreichischen Staaten gelegenen Ortschaften, von Franz Raffelsperger. *Wien*, 1836, 3 vol. pet. in-4 obl. cartes, cart. tr. dor.

388. Atlas portatif sur l'intelligence des relations des dernières guerres publiées sans plans, notamment pour la vie de Napoléon, par le général baron de Jomini. *Paris, Anselin, s. d.*, in-4 obl. 34 cartes.

389. Atlas géographique, statistique, historique et chronologique des deux Amériques et des îles adjacentes, traduit de l'atlas exécuté en Amérique d'après Lesage, par Buchon. *Paris, Carrez*, 1825. Recueil de 63 planches grav. et teintées, encadrées dans un texte explicatif, mont. sur onglets et reliées en 1 vol. in-fol. demi-rel. v. fauve antiq.

VOYAGES AUTOUR DU MONDE

390. W. Desboroug Cooley. Histoire générale des voyages de découvertes maritimes et continentales depuis le commencement du monde, traduite de l'anglais par Joanne et Old Nick. *Paris, Paulin*, 1840, 3 vol. in-12, demi-rel. v. vert, tr. jasp.

391. Histoire générale des voyages, par Dumont d'Urville, d'Orbigny, Eyriès et A. Jacobs. *Paris, Furne*, 1859, 4 vol. gr. in-8, gravures hors texte, demi-rel. chagr. viol. tr. jasp.

392. Voyage pittoresque autour du monde, résumé général

des voyages des découvertes de Magellan, Tasman, Dampier, etc..., publié sous la direction de Dumont d'Urville, d'Alcide d'Orbigny et par J.-B. Eyriès. *Paris, Tenré et Furne*, 1834-39, 4 vol. in-4, texte à 2 col. nombr. fig. et cartes grav. sur acier, par Beyer, d'après les dessins de Samson et J. Boilly, demi-rel. v. vert, tr. marbr.

393. Relation des voyages entrepris par ordre de Sa Majesté Britannique et successivement exécutés par le commodore Byron, le capit. Carteret, le capit. Wallis et le capit. Cook, dans les vaisseaux « le Dauphin », « le Swallow » et « l'Endeavour », traduite de l'anglais (de Hawkesworth, par Suard et Demeunier). *Paris, Nyon*, 1789, 18 vol. in-8, et 3 vol. in-4 de figures et de cartes, v. racine, dent. sur les plats, tr. jonq. (*Reliure uniforme.*)

    1er, 2o et 3o voyages de Cook.

394. Voyages autour du monde et en Océanie, Afrique, Amérique et Asie, par Bougainville, Cook, Bruce, Adanson, Christ. Colomb, Fernand Cortez, Timkowski, Amherst, etc., illustrés par Boccourt et Metlais, revus et traduits par Albert-Montémont. *Paris, Bry*, 1853-55, 4 vol. gr. in-8, texte à 2 col. nombr. fig. demi-rel. percal. bleue, tr. marbr.

    Les figures hors texte sont coloriées.

395. Voyage autour du monde, par la frégate du roi « la Boudeuse » et la flûte « l'Étoile », de 1766 à 1769 (par de Bougainville). *Paris, Saillant et Nyon*, 1771, in-4, nombr. planches pliées et grav. v. antiq. marbr. tr. marbr.

396. Voyage autour du monde, entrepris par ordre du gouvernement sur la corvette « la Coquille », par Lesson. *Paris, Pourrat*, 1839. 2 vol. gr. in-8, nombr. fig. grav. demi-rel. v. viol. tr. marbr.

    Plusieurs de ces figures sont coloriées.

397. Promenade autour du monde, par J. Arago. *S. l. n. d.*, atlas in-4 de 25 planches lithograph. demi-rel. v. viol.

398. Les Actes des apôtres modernes, relations épistolaires et authentiques des voyages entrepris par les missionnaires catholiques pour porter le flambeau de l'Évangile chez tous les peuples et civiliser le monde, publiés sous la direction de l'abbé Bousquet, de l'abbé Giraud et de Grimaux de Caux. *Paris*, 1852, 3 vol. in-12, 40 planches grav. demi-rel. v. fauve, tr. jasp.

399. Chroniques, lettres et journal de voyage extraits des

papiers d'un défunt (le prince Hermann, L.-G. de Puckler-
Muskau), traduit de l'allemand . *Paris, Fournier,* 1836,
5 vol. in-8, demi-rel. v. viol. tr. marbr.

> Première partie : Europe, 2 vol. — Deuxième partie : Afrique, 3 vol.
> Les ouvrages du prince Puckler-Muskau sont estimés en Allemagne, où
> ils ont du succès.

400. Voyage du maréchal duc de Raguse, en Hongrie, Russie, Asie, Égypte, Sicile, etc... *Paris, Ladvocat,* 1837-38,
5 vol. in-8, demi-rel. v. vert, tr. marbr.

401. Relation des voyages de M. de Brèves, tant en Grèce,
Terre-Sainte et Égypte, qu'à Tunis et Alger; ensemble
un traicté faict en 1604, entre le roy Henry le Grand et
l'empereur des Turcs, et 3 discours dud. sieur, le tout
recueilli (par Jacques Du Castel). *Paris, Casse,* 1628,
5 part. en 1 vol. pet. in-4, bas. antiq.

> Le titre est doublé.

402. Voyage pittoresque en Asie et en Afrique, résumé général des voyages anciens et modernes, d'après Lesseps,
Pallas, Bruce, etc., par Eyriès. *Paris, Furne,* 1839, in-4,
texte à 2 col. cartes et nombr. planches grav. d'après les
dessins de Boilly, dem. rel. v. fauve, ébarb.

VOYAGES EN EUROPE

403. Iodoci Sinceri Itinerarium Galliæ, cum appendice de
Burdigala. *Amstelodami, Jodocus Jansonius,* 1649, petit
in-12, frontisp. et nombr. planches grav., vélin antiq., à
recouvr.

404. A Sentimental Journey through France and Italy by
M. Yorick. *London, Strahan,* 1780, 2 vol. in-12, 4 planches
grav. v. granit, fil. tr. dor.

> Piqûres de vers.

405. Itinéraire complet du royaume de France, divisé en
5 régions, avec un aperçu statistique. *Paris, Langlois,*
1823, 2 vol. in-8, grande carte grav. et collée sur toile,
pliée, v. vert, reliure en forme de portefeuille.

406. Guide pittoresque du voyageur en France, contenant
la statistique et la description des 86 départments, par
une société de gens de lettres, de géographes et d'artistes
(publié par Girault de Saint-Fargeau). *Paris, Didot,* 1838,

6 vol. in-8, texte à 2 col, 87 cartes, 740 portr. et planches
grav. sur acier, demi-rel. v. fauve, tr. jasp.

407. Voyage de Chapelle et Bachaumont, suivi de quelques
autres voyages dans le même genre. *Londres,* in-18, frontisp. gravé, v. écaille, fil. tr. dor.

    Édition Cazin.

408. Recueil amusant de voyages, en vers et en prose, faits
par différents auteurs... (publié par Couret de Villeneuve,
Bérenger et autres). *Paris, Nyon,* 1786-87, 7 vol. in-12, v.
antiq. marbr.

409. Voyages en France et autres pays, en prose et en vers,
par Racine, la Fontaine, Regnard, Voltaire, Piron, Gres-
set, etc. *Paris,* 1818, 5 vol. in-18, figures, demi-rel. bas.

410. La Seine et ses bords, par Ch. Nodier, publiés par
Mure de Pelanne. *Paris,* 1836, in-8, nombr. vignettes
et planches, demi-rel. v. rouge, tr. supér. dor. ébarbé.

    Bel exemplaire.

411. Mon Voyage, ou lettres sur la ci-devant province de
Normandie. *Paris, Desenne, an VII,* in-12, figures, demi-
rel. v. f.

412. Voyage en Bretagne, illustré de vues prises sur les
lieux, avec un résumé des fastes de cette province, une
histoire génér. des bagnes et l'iconographie des principaux types de forçats, par Lepelletier de la Sarthe. *Le
Mans, Monnoyer,* 1853, gr. in-8, nombr. fig., demi-rel.
chagr. viol. tr. jasp.

413. Voyage littéraire de Provence, par P. D. L. (par
Papon). *Paris, Barrois,* 1780, in-12, v. marbr.

414. Ancienne Provence : la Gueuse parfumée, souvenirs
de voyages (attribuée au marquis de Galliffet). *Paris,
Challamel,* 1844, gr. in-4, texte encadré de fil. noirs,
nombr. planches lithogr. et teintées au bistre, demi-rel.
v. bleu, tr. jasp.

415. Voyage dans les départements du midi de la France,
par Aubin-Louis Millin. *Paris, Imprimerie impériale,*
1807-11, 5 vol. in-8, demi-rel. v. fauve, tr. jasp. et atlas
in-4.

416. Description routière et géographique de l'empire français, et itinéraire historique et pittoresque de la France

et de l'Italie, par Vaysse de Villiers. *Paris, Potey et Renouard*, 1813-1830, 12 vol. in-8, 12 cartes gravées, demi-rel. v. fauve, tr. jasp.

417. Voyages dans les départements formés de l'ancienne province de Languedoc, par Renaud de Vilbak : Esquisse de l'histoire de Languedoc et description de l'Hérault. *Paris, Delaunay*, 1825, in-8, 6 cartes et 20 planches lithographiées, demi-rel. v. fauve, tr. jonq.

418. Lettres d'un voyageur, par George Sand. *Paris, Bonnaire*, 1837, 2 vol. in-8, demi-rel. v. viol. tr. marbr.

419. Tablettes de voyage, par Mme de Monmerqué, suivies de lettres de Mme de Sévigné, de sa famille et de ses amis, qui n'ont pas été réunies à sa correspondance. *Paris, Le Doyen*, 1851, in-12, broché.

420. Relation historique, pittoresque et statistique du voyage de S. M. Charles X dans le départ. du Nord, ornée de planch. lithogr. par Victor Adam, Bonington, Deroy, Sabatier, etc., imprimée par Motte ; par M. Ch. du Rozoir. *Paris, Belin*, 1827, in-fol., 8 planches, demi-rel. v. vert, ébarb.

421. Souvenirs de France et d'Italie dans les années 1830, 1831 et 1832, par le comte Joseph d'Estourmel. *Paris, de l'imprimerie de Crapelet*, 1848, in-12, demi-rel. v. tr. jasp.

422. Les Délices des Pays-Bas, ou Description géographique et historique des 17 provinces belgiques (par Chrystin et Foppens). *Paris et Anvers, Spanoghe*, 1786, 5 vol. in-12, frontispices et nombreuses planches gravés, v. gran.

423. Relation d'un voyage à Bruxelles et à Coblentz (1791) (par Louis XVIII). *Paris, Baudouin,* 1823, in-18 de 99 p., cartonné, non rogné.

424. Les Voyages de M. Payen, lieutenant-général de Meaux, en Angleterre, Flandre, Brabant, Hollande, etc. *Amsterdam, Legrand,* 1668, in-12, mar. grenat, jans. dent. int. tr. dor.

    Exemplaire de Jamet, avec sa signature sur le titre.

425. Les Délices de la Grand'Bretagne et de l'Irlande, par James Beeverell. *A Leide, chez Pierre Vander Aa,* 1707, 8 vol. in-12, frontispice, figures et cartes, v. gran.

    Joli exemplaire portant l'*ex libris* du président Hénault à chaque volume.

426. Voyage en Angleterre pendant les années 1810 et 1811, par L. Simond. *Paris, Treuttel et Würtz*, 1817, 2 vol. in-8, figures au bistre, demi-rel. v. f. tr. marbr.

427. Voyage en Angleterre et en Russie pendant les années 1821-22 et 23, par Édouard de Montulé. *Paris, Arthus Bertrand*, 1825, 2 vol. in-8, demi-rel. v. brun, tr. jasp.

428. Mémoires et voyages du prince Puckler-Muskau. — Lettres posthumes sur l'Angleterre, l'Irlande, la France, la Hollande et l'Allemagne ; traduites de l'édition allemande, par J. Cohen. *Paris, Fournier,* 1832-33, 5 vol. in-8, demi-rel. v. brun, tr. marbr.

429. Observations recueillies en Angleterre en 1835, par M. C.-G. Simon. *Paris, chez Isid. Pesron,* 1836, 2 vol. in-8, demi-rel. v. rose, tr. marbr.

430. Six Mois de séjour en Angleterre pendant l'année 1836, par Sirus Pirondi. *Marseille, Senès,* 1839, in-8, demi-rel. v. rouge, tr. marbr.

431. Brighton, scènes détachées d'un voyage en Angleterre, par le comte de la Garde. *Paris, Aillaud,* 1834, in-8, planches lithograph. demi-rel. v. rose, tr. marbr.

432. Voyages aux montagnes d'Écosse et aux îles Hébrides, de Scilly, d'Anglesey, etc..., traduits de l'anglais par une société de gens de lettres. *Genève, Barde,* 1785, 2 vol. in-8, cartes et nombr. planches gravées, v. écaille, fil. tr. marbr.

433. Relation d'un voyage de Dantzick à Marienwerder (1734), (par Stanislas Ier). *Paris,* 1823, in-8, demi-rel. — Relation d'un voyage de Paris à Gand en 1815, par de Saint-Marcellin. *Paris, Seignot,* 1823, in-8, demi-rel. v. fauve.

434. Voyage d'un Français aux salines de Bavière et de Salzbourg en 1776 (par de Barbé-Marbois). *Paris, Baudouin, an V,* in-18, demi-rel. v. brun, non rogné.

435. Voyage à Prague et à Léoben, ou Correspondance entre un père et son fils en septembre 1833, par le vicomte Walsh. *Paris, Hivert,* 1834, in-8, demi-rel. v. vert, tr. marbr.

436. Reisebilder, tableaux de voyage, par Henri Heine. *Paris, Renduel,* 1834. 2 vol. in-8, demi-rel. v. f.

437. Le Rhin. Lettres à un ami, par Victor Hugo. *Bruxel-*

les, Méline-Cans, 1842, fort vol. in-32, demi-rel. v. fauve,
tr. jasp.

438. Rhône et Danube. Nouvelles observations sur les fosses
mariennes et le canal du Bas-Rhône. Embouchures du
Danube comparées à celles du Rhône, projet de canali-
sation maritime du Bas-Danube, par Ernest Desjardins.
Paris, Durand, 1870, in-4, cartes lithogr. teintée,
broché.

Fortes taches d'encre sur les tranches.

439. Nouveau Théâtre d'Italie, ou Description exacte de ses
villes, palais, églises, principaux édifices, sur les dessins
de feu M. Jean Bleau, échevin et sénateur de la ville
d'Amsterdam. *A la Haye*, 1724, 2 vol. gr. in-fol. nombr.
planches gravées, v. antiq. marbr.

440. Journal du voyage de Michel de Montaigne en Italie,
par la Suisse et l'Allemagne, en 1580 et 1581, avec des
notes par M. de Querlon. *Paris, Le Jay*, 1774, 2 vol. in-
12, v. écaille, tr. marbr.

441. Voyage littéraire de deux religieux bénédictins de la
congrégation de Saint-Maur (D. Martène et D. Durand).
Paris, Delaulne, 1717-1724, 2 tom. en un vol. in-4, demi-
rel. bas. rouge, n. rog.

442. Le Président de Brosses en Italie. Lettres familières
écrites d'Italie en 1739 et 1740 par Charles de Brosses;
édition authentique, précédée d'un Essai sur la vie et les
écrits de l'auteur, par Colomb. *Paris, Didier*, 1858, 2 vol.
in-8, demi-rel. maroq. bleu, tr. jasp.

443. Description historique et critique de l'Italie, par l'abbé
Richard. *Paris, Delalain*, 1770, 6 vol. in-12, deux planches grav. (cartes), v. antiq. marbr. fil. tr. dor.

Le dos de la reliure porte les armes du duc de Dubarry.

444. Lettres sur l'Italie, faisant suite aux Lettres sur la
Morée, l'Hellespont et Constantinople, par Castellan. *Paris, Nepveu*, 1819, 3 vol. in-8, 50 planches gravées par
l'auteur, v. racine, tr. marbr.

445. Voyages historiques et littéraires en Italie, par Valery.
Paris, Lenormant, 1831, 5 vol. in-8, demi-rel. v. f.

446. Voyage en Italie et en Sicile, par L. Simond. *Paris,
Raymond Bocquet*, 1838, 2 vol. in-8, 2 planches gravées,
demi-rel. v. vert, tr. jasp.

447. Journal of a Tour in Italy, with reflections on the present conditions and prospects of religion in that country, by Ch. Wordsworth. *London, Rivingston*, 1863, 2 vol. in-12, cartonn. ébarb.

448. Voyage dans les catacombes de Rome, par un membre de l'Académie de Cortone (le chevalier Artaud de Montor). *Paris, Schoell*, 1840. — Notice sur Pratolino, maison de plaisance des grands-ducs de Toscane, par Castellan. *S. l. n. d.* — Mémoire sur la ville souterraine découverte au pied du Vésuve (par Moussinot). *A Paris, de l'impr. Cl. Hérissant*, 3 ouvr. en 1 vol. in-8, fig. par Castellan, v. gran.

449. Promenades dans Rome, par de Stendhal. *Paris, Delaunay*, 1829, 2 vol. in-8, deux cartes et deux planches gravées, demi-rel? v. vert, tr. jasp.

450. Campagne de Rome, par Charles Didier. *Paris, Labitte*, 1842, in-8, carte lithogr. demi-rel. chagrin viol.

451. Rome, Naples et Florence, par M. de Stendhal. *Paris, Delaunay*, 1826, 2 vol. in-8, demi-rel. v. tr. marbr.

452. Voyages historiques et littéraires en Italie, pendant les années 1826, 27 et 28, ou l'Indicateur italien, par M. Valery, conservateur des bibliothèques de la Couronne. *Paris, Le Normant*, 1831-33, 5 vol. in-8, demi-rel. v. vert.

453. Le Tyrol et le nord de l'Italie, mœurs, statistique, etc...., extrait du journal d'une excursion dans ces contrées en 1830, par Frédéric Mercey. *Paris, Paulin*, 1833, 2 vol. in-8, carte et 18 planches d'après nature, gravées à l'eau-forte, demi-rel. v. rouge, tr. marbr.

454. De Paris à Venise, notes au crayon, par Charles Blanc. *Paris, Hachette*, 1857, in-12, demi-rel. v. f.

455. Voyage pittoresque à Pompéi, Herculanum, au Vésuve, à Rome et à Naples, par Ad. Pezant, dédié à Rossini. *Paris*, 1839, in-8, demi-rel. mar. r. figures.

456. Lettres sur la Sicile, écrites pendant l'été de 1805, par le marquis de Foresta. *A Paris, chez Pillet aîné*, 1821, 2 vol. in-8, v.

457. Souvenirs de la Sicile, par le comte de Forbin. *Paris, Impr. roy.*, 1823, gr. in-8, fig. cart. n. rogn.
Lettre aut. sign. de l'auteur, ajoutée.

458. Voyage d'Espagne (par Aarsens de Sommerdyk), avec
le Gouvernement de cette monarchie. *Cologne, Pierre
Marteau,* 1667, in-12, mar. r. jans. tr. dor. (*Cuzin.*)

Taches et piqûres de vers à la fin.

459. Une Année en Espagne, par Ch. Didier. *Paris, Dumont,*
1837, 2 vol. in-8, demi-rel. v. vert, tr. marbr.

460. Mes Vacances en Espagne, par E. Quinet. *Paris, Im-
primeurs-unis,* 1846, in-8, demi-rel. chagr. bleu, tr. jasp.

461. Promenades en Espagne pendant les années 1849 et
1850, par de Brinckmann. *Paris, Franck,* 1852, in-8,
demi-rel. v. violet, tr. jasp.

462. Voyage en Portugal à travers les provinces d'Entre-
Douro et Minho, de Beira, d'Estramadure et d'Alenteju,
en 1789 et 1790, traduit de l'anglais de Jacqnes Murphy
(par Lallemant). *Paris, Denné,* 1797, 2 tomes en 1 vol.
in-8, 22 planch. grav., planches de fac-similé, v. granit,
fil.

463. Tableaux de la Suisse, ou Voyage pittoresque fait dans
les XIII cantons du corps helvétique, ouvrage publié par
MM. le baron de Zurlauben et de Laborde, seconde édition, ornée de 428 planches. *A Paris, chez Lamy,* 1784-
1788, 13 vol. in-4, nombr. figures par Perignon, Le Barbier, gravées par Née et Masquelier, cart. n. rog.

464. Voyage en Suisse fait dans les années 1817-18 et 1819,
par L. Simond. *Paris, Treuttel et Würtz,* 1822, 2 vol. in-8,
figure, demi-rel. bas.

465. Lettres sur la Suisse, par Sazerac et Engelmann, accompagnées de vues dessinées d'après nature et lithogr. par
M. Villeneuve. *Paris, Engelmann,* 1823 à 1832. 5 vol.
in-fol. pap. vél. fleurons sur titres, nombr. planch. sur
chine, demi-rel. v. vert.

466. Voyage en Suisse fait dans les années 1817, 1818 et
1819, suivi d'un Essai historique sur les mœurs et les cou-
tumes de l'Helvétie ancienne et moderne, etc., par L. Simond. *Paris, Treuttel et Würtz,* 1824. 2 vol. in-8, figures,
demi-rel. v. gris, tr. jasp.

467. Voyage en Pologne, Russie, Suède, Danemark, etc.,
par William Coxe, traduit de l'anglais et augmenté d'un
voyage en Norwège, par Mallet. *Genève, Barde-Mauget,*
1786, 4 vol. in-8, portraits, cartes, plans et fig. en taille-
douce, demi-cart. toile, tr. marbr.

468. Voyage dans la Russie méridionale et la Crimée, par la
Hongrie, la Valachie et la Moldavie, exécuté en 1837, par
Anatole de Demidoff, édition illustrée par Raffet. *Paris,
Bourdin*, 1840, in-8, nombr. planches sur chine, demi-
rel. maroq. bleu, tr. jasp.

469. Voyage pittoresque et archéologique en Russie, exécuté en 1839 sous la direction de M. Anatole de Demidoff,
dessins faits d'après nature par André Durand. *Paris, Gi-
haut frères*, 1839, in-folio, titre et 100 gr. planch. lithogr.
teintées, demi-rel. v. vert.

470. Voyage en Norwège et en Laponie, fait en 1806-7 et -8,
par Léopold de Buch, traduit de l'allemand par Eyriès, précédé d'une introduction de M. de Humboldt et suivi d'un
mémoire de M. de Buch sur la limite des neiges perpé-
tuelles. *Paris, Gide*, 1816, 2 vol. in-8, cartes gravées,
demi-rel. bas. av. coins parchem. tr. jonq.

471. La Finlande, avec traduction de l'épopée « le Kale-
wala, » par Léouzon-le-Duc. *Paris, Labitte*, 1845. 2 vol.
in-8, broch.

472. Voyage pittoresque dans l'Empire ottoman, en Grèce,
la Troade, l'Archipel et les côtes de l'Asie-Mineure, par le
comte de Choiseul-Gouffier. *Paris, Aillaud*, 1842, 4 vol.
in-8, demi-rel. chagrin rouge, tr. jasp. et atlas in-fol.

473. Promenades pittoresques dans Constantinople et sur
les rives du Bosphore, suivies d'une notice sur la Dalmatie,
par Charles Pertusier. *Paris, Nicolle*, 1815, 3 vol. in-8,
demi-rel. v. fauve, tr. marbr.

474. Voyage historique et politique au Montenegro, par le
colonel Vialla de Sommières. *Paris, Eymery*, 1820, 2 vol.
in-8, grande carte et 12 figures gravées, demi-rel. v. granit, tr. jonq.

    Les figures sont coloriées.

475. Lettres sur la Morée et les îles de Cérigo, Hydra et
Zante, par Castellan. *Paris, Agasse*, 1808, 2 tom. en 1 vol.
in-8, 23 planches grav. par l'auteur, v. fauve antiq. tr.
jonq.

476. Lettres sur la Grèce, l'Hellespont et Constantinople,
faisant suite aux Lettres sur la Morée, par Castellan. *Paris,
Agasse*, 1811, 2 part. en 1 vol. in-8, 22 planches grav. v.
fauve antiq. tr. jong.

477. Voyage littéraire de la Grèce, ou Lettres sur les Grecs,

anciens et modernes, avec un parallèle de leurs mœurs,
par M. Guys, secrétaire du Roi, de l'Académie des sciences
et belles-lettres de Marseille. *Paris, veuve Duchesne*, 1783,
4 vol. in-8, figures gravées, demi-rel. bas.

Cet ouvrage est composé de 46 lettres, dont la première est datée de
Constantinople, le 10 janvier 1750.

VOYAGES EN ASIE

478. Les Six Voyages de Jean-Baptiste Tavernier, écuyer
baron d'Aubonne, en Turquie, en Perse et aux Indes. *Suivant la copie imprimée à Paris*, 1678, 2 vol. — Nouvelle
Relation de l'intérieur du serrail du Grand Seigneur, contenant plusieurs singularitez qui n'ont point esté mises en
lumière, par M. J.-B. Tavernier, écuyer baron d'Aubonne.
Amsterdam, van Someren, 1678, 1 vol. Ens. 3 vol. in-12,
frontispices, figures, vélin antiq. à recouvr.

479. Correspondance d'Orient, 1830-31, par Michaud et
Poujoulat. *Paris, Ducollet*, 1833-35, 7 vol. in-8, grande
carte gravée, demi-rel. v. viol. tr. marbr.

480. Correspondance et mémoires d'un voyageur en Orient,
par Eugène Boré. *Paris, Olivier Fulgence*, 1840, 2 vol.
in-8, grande carte grav. maroq. vert, dent. et compart. à
froid sur les plats, tr. dor.

481. Voyage archéologique en Grèce et en Asie Mineure
fait par ordre du gouvernement français, pendant les
années 1843 et 1844, publié par Ph. Le Bas et W.-H.
Waddington. *Paris, Didot*, 1858, livraisons 48 à 83, in-4,
br.

482. Voyage en Sibérie, fait par ordre du Roi, en 1761, par
l'abbé Chappe d'Auteroche, et Voyage en Sibérie, contenant
la description du Kamtchaktka, par M. Kracheninnikow,
traduit du russe (par M. de Saint-Pré). *Paris, Debure*,
1768, 3 vol. gr. in-4, frontisp. fleurons sur le titre, et
nombr. planches par Le Prince, grav. par Moreau, Tilliard,
etc., v. antiq. marbr. tr. jasp.

Déchirure sur l'un des plats du troisième volume.

483. Voyage de Benjamin Bergmann, chez les Kalmuks,
traduit de l'allemand, par Moris. *Châtillon-sur-Seine*, 1825,
in-8, frontisp. lithogr. demi-rel. bas. violet, tr. jasp.

484. Voyage au mont Caucase et en Géorgie, par J. Klaproth. *Paris, Gosselin,* 1823, 2 vol. in-8, carte, demi-rel. bas. rouge.

485. Voyage de Syrie et du Mont-Liban, par Delaroque. *Amsterdam, Herman Uytwerf,* 1723, 2 tom. en 1 vol. in-12, fig. grav. bas.

486. Voyage nouveau de la Terre Sainte, enrichi de remarques et réflexions, par le P. Nau. *Paris, Barbou,* 1757, in-12 allongé, v. racine, tr. marbr.

487. Voyage en Syrie et en Égypte, pendant les années 1783-84 et 85, par Volney. *Paris, Volland,* 1787, 2 vol. in-8, deux cartes et deux planches grav. v. écaille, tr. marbr.

488. Voyage fait, par ordre du roy Louis XIV, dans la Palestine, vers le grand émir, avec description de l'Arabie, par le sultan Ismaël Albuféda, traduite en françois, par D.-L.-R. (Laroque). *Paris, Cailleau,* 1717, in-12, carte et fig. grav. v. gran, tr. jasp.

489. Itinéraire de Paris à Jérusalem et Jérusalem à Paris par la Grèce, l'Égypte, la Barbarie et l'Espagne, par F. de Chateaubriand. *Paris, Le Normant,* 1811, 3 vol. in-8, grande carte gravée, v. racine.

    Première édition.

490. Quinze Jours au Sinaï, par Alex. Dumas et Dauzats. *Paris, Dumont,* 1839, 2 vol. in-8, 2 planches grav. demi-rel. v. fauve, tr. marbr.

491. Voyage autour de la mer Morte et dans les terres bibliques exécuté de décembre 1850 à avril 1851, par de Saulcy. *Paris, Gide et Baudry,* 1853, 2 gr. in-8, demi-rel. v. violet, tr. jasp.

492. Journal de voyage. De Paris à Jérusalem, 1839 et 1840, par J.-Bap. Morot. *Paris, impr. de J. Claye,* 1873, in-8, br.

493. Voyage du chevalier Chardin, en Perse, et autres lieux de l'Orient. *Paris, Lecointe,* 1830, 20 tom. en 7 vol. in-18, demi-rel. bas. tr. marbr.

494. Voyage en Perse, fait en 1812 et 1813, par Gaspard Drouville, colonel de cavalerie au service de l'empereur de Russie. *Paris,* 1825, 2 vol. in-8, planches en couleur, demi-rel. v. violet, tr. marbr.

495. Voyage en Perse de MM. Flandrin, peintre, et Pascal Coste, architecte, attachés à l'ambassade de France en Perse, pendant les années 1840 et 1841. — Relation du voyage, par M. Eug. Flandrin. *Paris, Gide et J. Baudry*, 1851, 2 vol. in-8, demi-rel. v. f. tr. jasp.

496. Atlas du voyage en Perse et à Ninive, par Flandrin et Coste. *Paris, Gide, s. d.*, 2 vol. in-fol., 123 gr. planch. lithogr. ou grav. par divers artist. demi-rel. v. vert.

497. Vier Buecher wunderbarlicher, bis daher unerhörter und ungleublicher indianischer Reysen....., aus griechischer und lateinischer Sprache verdeutschet durch Gabriel Rollenhagen. *Magdeburgk*, 1619, in-4, parchem. ant.

498. Correspondance de Victor Jacquemont avec sa famille et plusieurs de ses amis, pendant son voyage dans l'Inde (1828-1832). *Paris, Fournier*, 1835, 2 vol. in-8, portrait, demi-rel. v. vert, tr. marbr.

499. An Account of the Kingdom of Caubul and its dependencies, in Persia, Tartary and India, comprising a view of the Afghaun nation, and a history of the Dooraunee monarchy; by the Mountstuart Elphinstone. *London, Bentley*, 1839, 2 vol. in-8, fig. cartonn. ébarb.

500. Description du royaume Thai ou Siam, par Mgr Pallegoix. *Paris*, 1854, 2 vol. in-12, carte, br.

501. Voyage de l'Arabie Heureuse, par l'Océan oriental et la mer Rouge, fait par les François en 1708, 1709, 1710, avec la relation d'un voyage de Moka à la cour du roi d'Yémen en 1711, 1712 et 1713; et un mémoire concernant l'arbre et le fruit du café (par Laroque). *Paris, Cailleau*, 1716, in-12, fig. gravées, v. gran. tr. jasp.

502. Description de l'Arabie, d'après les observations et recherches, faites dans le pays même, par M. Niebuhr. *A Paris, chez Brunet*, 1779, 2 vol. in-4, figures et cartes, v. rac.

503. William Gifford Palgrave. Une Année de voyage dans l'Arabie centrale (1862-1863), traduit de l'anglais par Ém. Jouveaux. *Paris, Hachette*, 1866, 2 vol. gr. in-8, portr. de Palgrave et 5 plans lithogr. brochés.

504. Tre Navigationi fatte dagli Olandesi e Zelandesi al settentrione nella Norvegia, Moscovia e Tartaria, verso il Catas e regno de' Sini, descritte da Gerardo di Vera. *In Venetia*, 1599, in-4, figures, vélin.

505. Anciennes Relations des Indes et de la Chine de deux voyageurs mahométans qui y allèrent dans le IXe siècle, traduites d'arabe avec des remarques (par l'abbé Eusèbe Renaudot). *Paris, chez Jean-Baptiste Coignard*, 1718, in-8, v. br. ant.

506. Nouvelle Relation de la Chine, contenant la description des particularités de ce grand empire (par le R. P. Magaillans), traduite du portugais en français par le sieur B. Bernout. *Paris, Cl. Barbin*, 1688, in-4, v. ant.

Avec un plan de Pékin composé d'après les renseignements fournis par l'auteur.

507. Voyage en Chine, formant le complément du voyage de lord Macartney, par John Barrow, traduit de l'anglais avec des notes par J. Castera. *Paris, Buisson*, 1805, 3 vol. in-8, demi-rel. bas. verte et atlas in-4, cart.

508. La Chine et les Chinois, par le comte Alexandre Bonacossi. *Paris, Comptoir des Imprimeurs unis*, 1847, in-8, portr. et carte lithogr. demi-rel. maroq. rouge, tr. jasp.

509. L'Empire chinois, faisant suite aux Souvenirs dans la Tartarie et le Thibet, par Huc. *Paris, Gaume et Duprey*, 1862, 2 tom. en 1 fort vol. in-12, carte lithogr. et teintée, demi-rel. v. violet, tr. jasp.

510. Description de l'île Formosa en Asie, gouvernement, loix, mœurs, etc..., dressée sur les mémoires de G. Psalmanaazaar, *Amsterdam, Ét. Roger*, 1705, in-12, carte et planches grav. v. fauv. antiq.

511. Aventures d'un gentilhomme breton aux îles Philippines, par de la Gironière. *Paris*, 1855, gr. in-8, demi-rel. mar. la Vall. fig.

Bel exemplaire.

VOYAGES EN AFRIQUE EN AMÉRIQUE
ET EN OCÉANIE

512. Voyages et découvertes dans le nord et dans les parties centrales de l'Afrique, exécutés pendant les années 1822, 1823 et 1824, par le major Denham, le capitaine Clapperton et le docteur Oudney, traduit de l'anglais par M. Eyriès et de Larenaudière. *Paris, Arthus Bertrand*. 1826, 3 vol. in-8 de texte et atlas in-4 de 18 planches, le texte en demi-rel. bas. f. et l'atlas cartonn. toile.

513. Aperçu de l'histoire ancienne d'Égypte pour l'intelligence des monuments exposés dans le temple, du Parc égyptien, par Aug. Mariette-bey. *Paris, Dentu*, 1867, in-8, broché.

514. Voyage dans la Basse et Haute Égypte pendant les campagnes du général Bonaparte, par Vivant Denon, nouvelle édition augmentée d'une notice sur l'auteur, par Tissot. *Paris, H. Gaugain*, 1829, 2 tomes en un vol. in-8, demi-rel. chagr. rouge, tr. marbr. et atlas in-fol.

515. Voyage en Nubie et en Abyssinie, pour découvrir les sources du Nil pendant les années 1768 à 1773, par James Bruce, traduit de l'anglais par Castera. *Paris, hôtel de Thou*, 1790-91, 10 vol. in-8, et atlas in-4, 1 vol. contenant 4 gr. cart. pliées et 76 planch. mont. sur onglets, le tout gravé, v. racine, dent. sur les plats, tr. jonq.

516. Douze Ans dans la haute Éthiopie (Abyssinie), par Arnauld d'Abbadie. *Paris, Hachette*, 1868, in-8, broché.

Tome Ier de l'ouvrage.

517. Voyage au Darfour, par le cheykh Mohammed Ebn-Omar El-Tounsy, traduit de l'arabe par le Dr Perron, publié par les soins de Jomard, avec préface. *Paris, Duprat*, 1845, gr. in-8, portr. du sultan Abou-Madian, carte et 4 planches de fig. le tout lithogr. broché.

518. Voyage dans le Timanni, le Kouranko et le Soulimana, contrées de l'Afrique occidentale fait en 1822, par le major Cordon Laing, traduit de l'anglais par MM. Eyriès et de Larenaudière. *Paris, Delaforest, Arthus Bertrand*, 1826, in-8, figures, demi-rel. v. tr. jasp.

519. Second Voyage dans l'intérieur de l'Afrique, par le cap de Bonne-Espérance en 1783, 1784 et 1785, par Le Vaillant. *Paris, Jansen, an III*, 3 vol. in-8, nombr. planches gravées, v. racine, tr. jonq.

520. Iles de l'Afrique, par M. d'Avezac. *Paris, Firmin-Didot fr.*, 1848, in-8, texte à 2 col. figures, demi-rel. v. br.

De la collection de l'*Univers pittoresque*.

521. Essai sur les îles Fortunées et l'antique Atlantide, ou Précis de l'histoire générale de l'archipel des Canaries, par Bory de Saint-Vincent. *Paris, Baudouin, an XI*, in-4, planches grav. demi-rel. v. fauve, tr. jasp.

Envoi autographe signé de l'auteur.

522. Naufrage du brick français «la Sophie» perdu, le 30 mai 1819, sur la côte occidentale d'Afrique et captivité d'une partie des naufragés dans le désert de Sahara, etc., par Ch. Cochelet. *Paris, P. Mongie*, 1821, 2 vol. in-8, figures, demi-rel. bas. fauve, tr. marbr.

523. Naufrage de la frégate « la Méduse », par Corréard et Savigny. *Paris*, 1821, in-8, figure, cartonné.

524. Souvenirs du voyage à Sainte-Hélène, par M. l'abbé F. Coquereau, chanoine, aumônier de l'expédition. *Paris, H. Delloye*, 1841, in-8, figures, br.

525. Voyage pittoresque dans les deux Amériques, résumé général de tous les voyages de Colomb, Las Cases, Franklin, etc..., par les rédacteurs du Voyage pittoresque autour du monde, publié sous la direction d'Alcide d'Orbigny. *Paris, Tenré*, 1836, in-4, texte à 2 col. nombr. cartes et figures grav. en taille-douce, d'après les dessins de Samson et Boilly, demi-rel. v. fauve, tr. marbr.

526. Voyage dans les parties intérieures de l'Amérique septentrionale pendant les années 1766, 67 et 68, par Jonathan Carver, capitaine, traduit par (M. de Montucla), avec des remarques et quelques additions du traducteur. *Paris, Pissot*, 1784, in-8, carte grav. demi-rel. bas.

527. États-Unis d'Amérique, par M. Roux de Rochelle. *Paris, Didot*, 1837, in-8, texte à 2 colonnes, 96 planches lithogr., demi-rel. v. vert.

De la collection de l'*Univers pittoresque*.

528. Voyage aux États-Unis, ou tableau de la société américaine, par miss Martineau, traduit de l'anglais par M. Benjamin Laroche. *Paris, Pagnerre*, 1839, 2 vol. in-8, demi-rel. v. f. tr. marbr.

529. Voyage dans la haute Pensylvanie et dans l'État de New-York, par un membre actif de la nation Oneida, traduit et publié par l'auteur des *Lettres d'un cultivateur américain* (Saint-John Crèvecœur). *Paris, Maradan*, an IX, 1801, 3 vol. in-8, portr. de Washington, cartes et planches gravés, demi-rel. v. fauve, avec coins, parchem. tr. jonq.

530. Voyage dans les prairies à l'ouest des États-Unis, par Washington Irving, traduit par Mlle Sobry. *Paris, Fournier*, 1835, in-8, demi-rel. chagr. bleu, tr. jasp.

531. Voyage au Canada pendant les années 1795, 1796 et

1797, par Isaac Weld, traduit de l'anglais. *Paris, Lepetit,
s. d.* 3 vol. in-8, grande carte et nombr. planches grav.,
demi-rel. v. marbr.

532. Nouveau Voyage aux isles de l'Amérique, par le R. P.
Labat. *Paris, Delespine,* 1742, 6 vol. in-12, portrait du
P. Labat gravé par Mathey, d'après Bouis, nombr. plan-
ches et fig. en taille-douce, vélin antiq. (*Bel exemplaire.*)

On trouve dans ce livre des notices sur toutes les îles que Labat a visi-
tées, et notamment sur la Martinique et la Guadeloupe. Les diverses
productions de la nature y sont décrites en détail; il parle aussi de plusieurs petites îles sur lesquelles il n'existe guère d'autres renseignements
que ceux que nous lui devons.

533. Souvenirs des Antilles : Voyage en 1815 et 1816, aux
États-Unis et dans l'archipel Caraïbe, etc. (par M. de
Montlezun. *Paris, Gide,* 1818, 2 vol. in-8, demi-rel. v.
brun. tr. marbr.

534. Voyage à Cayenne, dans les deux Amériques et chez
les anthropophages, par L. Ange Pitou. *Paris, chez l'auteur,* an XIII, 2 vol. in-8, 2 figures, demi-rel. bas.

535. Scènes et paysages dans les Andes, par Paul Marcoy.
Paris, L. Hachette, 1851, demi-cart. toile rouge, tr.
marbr.

536. Lettres d'un mineur en Australie, par Antoine Fau-
chery, précédées d'une lettre par Théodore de Banville.
Paris, Poulet-Malassis et de Broise, 1857, in-12, broché.

HISTOIRE

537. Atlas historique, généalogique, chronologique et géographique, par A. Le Sage. *Paris, de Sourdon, s. d.,*
in-fol., cartes coloriées, montées sur onglets, demi-rel.
v. vert.

538. Typographical Dictionany of England, with historical
and statistical descriptions, illustrated by maps, and a
plan of London and its environs, with an appendix, by
Samuel Lewis. *London, Lewis,* 1833, 4 vol. in-4, texte à
2 col. cartes grav. cartonnés toile verte.

539. Histoire pittoresque de l'Angleterre et de ses possessions dans les Indes, depuis les temps les plus reculés jusqu'à la réforme de 1832, par M. le baron de Roujoux, publiée par M. Alfr. Mainguet, sous la direction de MM. Taylor et Ch. Nodier. *Paris,* 1835, 3 vol. gr. in-8, texte à 2 col., nombr. gravures sur bois, demi-rel. v. vert, tr. marbr.

540. Histoire d'Angleterre depuis la première invasion des Romains jusqu'à nos jours, par le Dr John Lingard, traduite de l'anglais par Camille Baxton et publiée sous la direction du docteur John Lingard. *Paris, Parent-Desbarres,* 1841, 5 vol. gr. in-8, texte à 2 col., demi-rel. mar. viol. tr. jasp.

541. Mémoires sur la cour d'Élisabeth, reine d'Angleterre, par Lucy Aikin, traduits de l'anglais par Alexandrine Aragon, avec notes sur le texte et notice sur Lucy Aikin par Albert Montémont. *Paris, Sautelet,* 1827, 3 vol. in-8, portr. d'Élisabeth lithograph. demi-rel. v. vert. avec coins parchem. tr. jasp.

542. Vie de Marie Stuart, reine d'Écosse, par F. Gentz, traduite de l'allemand par M. Damaze de Raymond. *Paris, Rosa,* 1813, in-16, portrait et figures gravés.—Mme de Clermont, nouvelle historique, par Mme de Genlis. *Paris, Maradan,* 1811, in-16, 2 ouvrages en 1 vol. v. racine, tr. jonq.

543. M. de Lescure. Marie Stuart; dix compositions par Carolus Duran, grav. par Bracquemond et Rajon. *Paris, Ducrocq, s. d.,* gr. in-8, demi-rel. mar. r. fig.

544. Essai sur la vie de Thomas Wentworth, comte de Strafford, ministre d'Angleterre sous Charles Ier, ainsi que sur l'histoire générale d'Angleterre, d'Écosse et d'Irlande, à cette époque, par le comte de Lally-Tolendal, suivi de considérations sur la France. *Leipsig, Dick,* 1796, 2 part. en 1 vol. in-8, portr. de Strafford grav. par Grottschick, demi-cartonn. toile verte, tr. marbr.

545. Procès et meurtre de Charles Ier, roi d'Angleterre. — Procès des 29 régicides mis en justice après la restauration de Charles II, traduction de l'anglais, etc. (par Fr. Henry). *Paris, Nicolle,* 1816, in-8, v. racine, tr. jasp.

546. Histoire d'Olivier Cromwel (par Raguenet). *Suivant la copie imprimée à Paris chez Claude Barbin,* 1691, in-12, v. marbr.

547. Histoire de.Cromwel, d'après les mémoires du temps et les recueils parlementaires, par Villemain. *Paris, Maradan*, 1819, 2 vol. in-8, demi-rel. bas. avec coins parchem. tr. jonq.

548. Histoire de Jacques II, roi de la Grande-Bretagne (par dom Michel Toussaint Duplessis). *A Bruxelles, chez Jean Léonard*, 1740, in-12, portrait, v. f. antiq. (*Armoiries sur les plats*).

549. La Vie d'Anne Stuart, reine de la Grande-Bretagne, de France et d'Irlande, traduite de l'anglais. *Rotterdam, Fritsch et Bohm*, 1716, in-12, portraits d'Anne Stuart et de François-Eugène, prince de Savoie, v. granit, tr. marbr.

550. Histoire de Jean Churchill, duc de Marlborough (composée par Madgett, rédigée et augmentée par l'abbé Dutemps). *Paris, Imprimerie impériale*, 1808, 3 vol. in-8, portr., fig. de blason, fac-simile de signature, 2 planches grav. demi-rel. bas. avec coins en parchem.

551. Histoire de Charles-Édouard, dernier prince de la maison de Stuart, précédée d'une histoire de la rivalité de l'Angleterre et de l'Écosse, par Amédée Pichot. *Paris, Ladvocat*, 1830, 2 vol. in-8, demi-rel. v. viol. tr. jasp.

552. Mémoires des dix dernières années du règne de George II, d'après les manuscrits originaux d'Horace Walpole, comte d'Oxford, traduits de l'anglais par Jean Cohen. *Paris, J.-G. Dentu*, 1823, 2 vol. in-8, cart. tr. marbr.

553. Histoire de la dernière guerre entre la Grande-Bretagne et les États-Unis de l'Amérique, la France, l'Espagne et la Hollande, depuis 1775 jusqu'en 1783 (par Odet-Julien Leboucher). *Paris, Brocas*, 1787, in-4, cartes pliées et grav. v. racine, tr. jasp.

554. Mémoires historiques de mon temps, par sir William Wraxall, traduit de l'anglais par R.-J. Durdent. *Paris, J.-G. Dentu*, 1817, 2 v. in-8, demi-rel. bas.

555. De l'Angleterre, par Rubichon. *Paris, Lefebvre*, 1817, 2 vol. in-8, demi-rel. v. rose, tr. jasp.

556. Études sur l'Angleterre, par Léon Faucher. *Paris, Guillaumin*, 1856, 2 vol. in-12, demi-rel. v. f.

557. Modern London, being the history and present state of the British Metropolis, illustrated with numerous copper-

plates. *London, printed for Richard Philips*, 1804, in-4, figures gravées, demi-rel. bas.

Quelques figures sont coloriées.

558. Histoire d'Écosse durant les règnes de la reine Marie et du roi Jacques VI jusqu'à l'avènement de ce prince au trône d'Angleterre, avec un précis de l'histoire d'Écosse qui précède cette époque, par Guillaume Robertson. *Paris, Pissot*, 1785, 3 vol. in-12, v. écaille, tr. marbr.

559. Histoire détaillée des isles de Jersey et Guernesey, traduite de l'anglais par M. Lerouge. *Paris, Delaguette*, 1757, in-12, 2 cartes gravées, v. antiq. marbr.

560. Abrégé chronologique de l'histoire et du droit public d'Allemagne, par M. P. Pfeffel. *Paris, Hérissant*, 1754, in-12, v. marbr.

561. Nouvel Abrégé chronologique de l'Histoire et du Droit public d'Allemagne, par M. Pfeffel. *Paris, Delalain*, 1776, 2 vol. in-4, v. écaille, dent. sur les plats, tr. jonq.

562. Histoire d'Allemagne depuis les temps les plus reculés, d'après les sources, par Pfister, traduite de l'allemand par Paquis. *Paris, Beauvais*, 1837-38, 11 vol. in-8, deux cartes gravées, demi-rel. v. bleu, tr. marbr.

563. Johannis Schilteri Thesaurus Antiquitatum Teutonicarum, ecclesiasticarum, civilium, litterariarum, exhibens monumenta veterum Francorum, Alemannorum, vernacula et latina, cum emendationibus et notis J.-G. Scherzii ac variorum, præfationem generalem præmisit J. Frickius. *Ulmæ, Bartholomei*, 1728, 3 vol. in-fol. frontisp. gravé par And. Fridrich, fleuron sur le titre, vig. nombr. figures, demi-rel. chagr. noir, tr. jasp.

Recueil rempli de documents précieux pour l'histoire civile et littéraire de l'Allemagne à l'époque carlovingienne. Le IIIᵉ vol. renferme un *Glossarium ad scriptores linguæ francicæ et alemanicæ veteris*.

564. États de la Confédération germanique, par M. Ph. Lebas. *Paris, Firmin-Didot fr.*, 1842, in-8, texte à 2 col. 76 planches, demi-rel. chagr. bleu.

565. Saxonia (Alberti Krantz). *Coloniæ*, 1520, in-fol. rel. en bois.

Dans le même volume se trouve : *Wandalia Alberti Krantz*, 1519. Ces deux chroniques sont rares.

566. Histoire de la guerre de Trente-Ans, par Schiller, traduite de l'allemand (par Chamfeu). *Paris, Le Normant, an XII* (1803), 2 tom. en 1 vol. in-8, v. racine, tr. jonq.

567. Mes Souvenirs de 20 ans de séjour à Berlin, ou Frédéric le Grand, sa famille, sa cour, son gouvernement, etc., par Dieudonné Thiébault. *Paris, Buisson, an XII* (1804), 5 vol. in-8. demi-rel. bas. avec coins en parch.

568. Les Nuits de Berlin, suivies d'un tableau de l'état général du protestantisme en Europe et dans les missions protestantes (ainsi que d'un coup d'œil sur l'état des missions catholiques dans les pays étrangers), par l'éditeur des « Souvenirs de la marquise de Créqui ». *Paris, Werdet,* 1838, 2 vol. in-8, demi-rel. v. vert, tr. marbr.

> Cet ouvrage est imité de l'allemand de Schneider intitulé : *Berliner Næchtc.* Les Souvenirs de la marquise de Créqui sont l'œuvre du comte de Courchamps.

569. Épisode de l'histoire du Hanovre : les Kœnigsmark, par Blaze de Bury. *Paris, Michel Lévy,* 1855, in-12, demi-cartonn. percal. rouge, tr. marbr.

570. Tableau historique et politique de l'Europe depuis 1786 jusqu'en 1796 contenant l'histoire du règne de Guillaume II, roi de Prusse, et un Précis des révolutions de Brabant, de Hollande, de Pologne et de France, par le P. Ségur l'aîné. *Paris, Arthus Bertrand,* 1810, 3 vol. in-8, portr. de Guillaume II, grav. par Tardieu, demi-rel. bas. avec coins parch. tr. jonq.

571. La Liberazione di Vienna assediata dalle armi ottomane, poemetto giocoso, e la Banzuola, dialoghi sei del dottore Lotto Lotti in lingua populare bolognese. *S. l., s. a.,* in-8, frontisp. et planches gravés, demi-rel. v. fauve, non rogné.

572. Vienne et les Autrichiens, par MM. Troloppe, traduit par Achille M***. *Paris, H. Fournier jeune,* 1838, 3 vol. in-8, demi-rel. chagr. bleu, tr. jasp.

573. Souvenirs et Récits des campagnes d'Autriche, par Blaze de Bury. *Paris, Michel Lévy,* 1854, in-12, demi-cartonn. toile rouge, tr. marbr.

574. Histoire des révolutions d'Espagne depuis l'empire des Goths jusqu'à la réunion des royaumes de Castille et d'Aragon, par le P. Joseph d'Orléans, et publiée par P.-P. Rouillé et Brumoy. *Paris, Rollin,* 1734, 3 vol. in-4, v. granit.

575. Histoire de Charles-Quint, précédée d'un tableau des progrès de la société en Europe depuis la destruction de l'empire romain jusqu'au commencement du XVI° siècle,

par William Robertson, traduction de J.-B. Suard. *Paris, Didier*, 1843, 2 vol. in-12, demi-rel. avec coins mar. bleu, tr. jasp.

576. Charles-Quint, chronique de sa vie intérieure et de sa vie politique, de son abdication, et de sa retraite dans le cloître de Yuste, par Amédée Pichot. *Paris, Furne*, 1854, gr. in-8, demi-rel. v. violet, tr. marbr.

577. Charles-Quint, son abdication, son séjour et sa mort au monastère de Yuste, par Mignet. *Paris, Paulin Lheureux*, 1854, in-8, demi-rel. v. viol. tr. marbr.

578. Mémoires secrets sur l'établissement de la maison de Bourbon en Espagne, extraits de la correspondance du marquis de Louville, gentilhomme de la chambre de Philippe V (publié par le marquis Scipion du Roure). *Paris, Maradan*, 1818, 2 vol. in-8, v. racine, tr. marbr.

579. L'Espagne sous les rois de la maison de Bourbon, ou mémoires relatifs à l'histoire de cette nation depuis l'avènement de Philippe V, en 1700, jusqu'à la mort de Charles III, en 1788, par William Coxe, traduit en français, par Don Andrès Muriel. *Paris, De Bure fr.*, 1827, 6 vol. in-8, cart. tr. jasp.

580. Histoire chevaleresque des Maures de Grenade, traduite de l'espagnol, de Ginez Perez de Hita, précédée de réflexions sur les musulmans d'Espagne, avec notes, par M. Sané. *Paris, Cérioux*, 1809, 2 vol. in-8, demi-rel. bas. tr. jasp.

581. The Zincali ; or an account of the gypsies of Spain with an original collection of their songs and poetry and a copious dictionary of their language; by George Borrow. *London, Murray*, 1843, 2 vol. in-8, cartonn. toile bleue.

582. Histoire des Républiques italiennes du moyen âge, par J.-C.-L. Simonde de Sismondi, nouvelle édition revue et corrigée. *Paris, Treuttel et Würtz*, 1826, 16 vol. in-8, demi-rel. v. vert tr. marbr.

> Bel exemplaire.

583. Histoire des révolutions d'Italie, ou Guelfes et Gibelins, par Ferrari. *Paris, Didier*, 1858, 4 vol. gr. in-8, br.

584. L'Italie, études historiques, par Alph. Dantier. *Paris, Didier*, 1874, 2 vol. in-8, br.

585. Rome ancient and mod. and its environs, by J. Donovand (sans titre), 4 vol. in-8, nombr. figures gravées, parch.

586. Rome ancienne et moderne, par Mary Lafon. *Paris, Furne*, 1853, 2 vol. in-8, figures sur acier, br.

587. Vie de Laurent de Médicis, surnommé le Magnifique, traduite de l'anglais, de William Roscoe, par Fr. Thurot. *Paris, Strasbourg*, an VIII, 2 vol. in-8, demi-rel. v. gris, tr. marbr.

588. Mémoires historiques sur la maison royale de Savoie et les pays soumis à sa domination depuis le XIe siècle jusqu'à 1796, avec notes et tableaux généalogiq. et chronologiq., par le marquis Costa de Beauregard. *Turin, Pic*, 1816, 3 vol. in-8, demi-rel. v. fauve, tr. marbr.

589. Mémoires du prince Eugène de Savoie, écrits par lui-même. *Paris, Duprat-Duverger*, 1810, in-8, portr. grav. demi-rel. v. fauv. tr. marbr. (*Ledoux.*)

590. Documenti sulle Relazioni delle città Toscane coll' Oriente cristiano e coi Turchi fino al anno MDXXXI, raccolti ed annotati da Giuseppe Müller. *In Firenze*, 1879, gr. in-4, cartonné, fac-similés.

591. Chronicon placentinum et chronicon de rebus in Italia gestis, historiæ stirpis Imperatoriæ Suevorum illustrandæ aptissima. Edidit et præfatione instruxit J.-L.-A. Huillard-Bréholles. *Parisiis, Plon*, 1856, in-4, demi-rel. v. f.

592. Histoire du royaume de Naples, depuis Charles VII jusqu'à Ferdinand IV, 1734 à 1825, par le général Colletta, traduit de l'italien par Charles Lefèvre. *Paris, Lavocat*, 1835, 4 tomes en 2 vol. in-8, demi-rel. av. coins, v. brun tr. marbr.

593. Histoire du gouvernement de Venise, par Amelot de la Houssaie. *Paris, Léonard*, 1677, in-8, bas. tr. jasp.

594. Histoire de la république de Venise, par P. Daru, de l'Académie française. *A Paris, chez Firmin-Didot*, 1826, 8 vol. pet. in-12, cartes, demi-rel. v. f. tr. marbr.

595. Histoire de la république de Venise, par M. L. Galibert. *Paris, Furne*, 1850, gr. in-8, gravures de Rouargue, demi-rel, chagr. vert, plats toile, tr. dor.

596. Conjuration des Espagnols contre Venise en 1618, par l'abbé de Saint-Réal. *Paris, Chaigneau*, 1797, in-18, cartonn. non rogn. (dérelié).

   Exemplaire en PAPIER VÉLIN.

597. Belgique et Hollande, par Van Hasselt. *Paris, Didot,* 1844, in-8, texte à 2 col. demi-rel. chag. vert, fil. ébarb.

De la collection de l'*Univers pittoresque.*

598. Chroniques des rues de Bruxelles, ou Histoire pittoresque de cette capitale, par les faits, les légendes, les anecdotes et traditions populaires. *Bruxelles, bureau de l'Emancipation,* 1834. 2 tom. en 1 vol. in-12, demi-rel. v. viol. tr. jasp.

599. Histoire et description de la Suisse et du Tyrol, par M. de Golbéry. *Paris, Didot,* 1838, in-8, texte à 2 col. cartes et nombr. planches lithogr. demi-rel. v. fauve.

De la collection de l'*Univers pittoresque.*

600. Histoire de la révolution helvétique de 1797 à 1803, par Raoul-Rochette. *Paris, Nepveu,* 1823, in-4, grande carte gravée, portr. demi-rel. av. coins, v. bleu, tr. marbr.

601. Grèce, par M. Pouqueville. *Paris, Didot,* 1835, 1 vol. — Italie, par le chevalier Artaud; Sicile, par M. de la Salle. *Paris, Didot,* 1835, 1 vol. — Ensemble 2 vol. in-8, texte à 2 col., cartes et nombr. planches lithograph. demi-rel. avec coins v. violet, ébarbé.

De la collection de l'*Univers pittoresque.*

602. La Grèce pittoresque et historique, par le docteur Christophus Wordsworth, traduite par Regnault. *Paris, Curmer, s. d.,* gr. in-8, pap. vél., nombr. planches et vignettes lithogr. maroq. viol. fil., tr. dor.

603. Histoire de la régénération de la Grèce, comprenant le précis des évènements depuis 1740 jusqu'en 1824, par Pouqueville. *Paris, Didot,* 1824, 4 vol. in-8, 2 portr. et cartes grav. demi-rel. v. fauve, tr. marbr.

604. Les Cours du Nord, ou Mémoires originaux sur les souverains de la Suède et du Danemark depuis 1766, traduits de l'anglais de John Brown par J. Cohen. On a joint à ces mémoires l'histoire de la Révolution de Suède de 1772 et la relation de la déposition de Gustave IV Adolphe, écrite par lui-même, pièce inédite. *Paris, Arthus Bertrand,* 1819-20, 3 vol. in-8, portraits et planches grav. demi-rel. bas. f. tr. marbr.

605. Mémoires authentiques et intéressants, ou histoire des comtes Struensée et Brandt, édition faite sur le manuscrit tiré du portefeuille d'un grand (de Falkenskiod). *Londres,* 1789, in-8, portr. grav. du comte de Struensée, v. racine, tr. jonq.

606. Mémoires de Christine, reine de Suède. *Paris, Dehay,*
1830, 2 vol. in-8, demi-rel. v. fauve, tr. marbr.

607. Russie, par M. Chopin. — Fin de la Russie d'Europe et
Crimée, par M. C. Famin. — Provinces russes en Asie,
Circassie et Géorgie, par M. C. Famin. — Arménie, par
M. Boré. *Paris, Didot,* 1838, 4 part. en 2 vol. in-8, cartes
et nombr. planches lithograph. demi-rel. bas. fauve. —
— Suède et Norwège, par Ph. Le Bas. *Paris, Didot,* 1838.
in-8, texte à 2 col., cartes et 56 planches lithogr., demi-
rel. v. bleu. — Pologne, par Charl. Forster. *Paris, Didot,*
1840, in-8, texte à 2 col. carte et 55 planches lithogr.
demi-rel. bas. fauve, ens. 4 vol.

608. Histoire philosophique et politique de Russie depuis
les temps les plus reculés jusqu'à nos jours, par J. Es-
neaux. *Paris, J. Corréard,* 1828-1830, 5 vol. in-8, demi-
rel. v. bleu, tr. marbr.

609. Mémoires secrets pour servir à l'histoire de Russie sous
les règnes de Pierre le Grand et de Catherine Ire, rédigés
et publiés par M. Théoph. Hallez. *Paris, Dentu,* 1853,
in-8, demi-rel. v. bleu, tr. jasp.

610. Vie de Catherine II, impératrice de Russie (par Désirée
de Castéra). *Paris, Buisson,* an V (1797), 2 vol. in-8,
6 portraits grav. en taille-douce, demi-rel. v. granit, tr.
jasp.

611. Mémoires de l'impératrice Catherine II, écrits par elle-
même, et précédés d'une préface par Herzen. *Londres,*
Trübner, 1859, in-8, demi-cartonn. toile rouge, tr. marbré.

612. Vie d'Alexandre Ier, empereur de Russie, suivie de notices sur les grands-ducs Constantin, Nicolas et Michel et
de fragments historiques (par A. Egron). *Paris, Denn,*
1826, in-8, portr. d'Alexandre grav. par Dien, demi-rel.
v. fauve, tr. jasp.

613. Les Mystères de la Russie, tableau politique et moral
de l'empire russe, par Frédéric Lacroix. *Paris, Pagnerre,*
1845, grand in-8, portr. et planches gravés, demi-rel. v.
fauve, tr. marbr.

614. Histoire de l'anarchie de Pologne et du démembrement
de cette République, par Cl. Rulhière, suivie des anecdotes sur la Révolution de Russie en 1762, par le même
auteur. *Paris, Desenne,* 1807, 4 vol. in-8, demi-rel. v.
granit.

615. Description des îles de l'Archipel, par Dapper. *Amst.*, 1703, in-fol., figures, cartonné, non rogné.

616. Histoire des chevaliers hospitaliers de Saint-Jean de Jérusalem, appelés depuis chevaliers de Rhodes, et aujourd'hui chevaliers de Malthe, par l'abbé de Vertot. *Paris, Leclerc*, 1778, 7 vol. in-12, demi-rel. v. fauve, tr. marbr.

617. Monuments des grands-maîtres de l'ordre de Saint-Jean de Jérusalem, ou vues des tombeaux élevés à Jérusalem, Ptolémaïs, Rhodes, Malte, etc., avec notices sur chacun des grands-maîtres, publiés par le vicomte de Villeneuve-Bargemont. *Paris, Blaise*, 1829, 2 vol. grand in-8, pap. vél., nombr. fig. cartonn. ébarb.

618. Bibliothèque orientale, ou Dictionnaire universel, contenant généralement tout ce qui regarde la connaissance des peuples de l'Orient, etc., par d'Herbelot. *Paris*, 1697, in-fol, texte à 2 col. v. antiq. marbr.

Première édition de ce savant ouvrage.

619. Bibliothèque orientale, ou Dictionnaire universel, contenant : Histoire, traditions, religions, sectes, gouvernements, lois, sciences, arts, etc., des peuples de l'Orient, pouvant servir de suite à celle de d'Herbelot, par Visdelou et Galand. *La Haye, Van Daalen*, 1779, in-fol. texte encadr. de dent. noire, portr. de Barthél. d'Herbelot, par Daalen, grav. par Houbraken, fleur. grav. sur le titre, v. gr.

620. Monumenta vetustiora Arabiæ, sive specimina quædam illustria antiquæ memoriæ et linguæ, ex manuscriptis codicibus Nuweirii, Mesoudii, etc., excerpsit et edidit Albertus Schultens. *Lugduni Batavorum, Luzac*, 1740, in-8, demi-rel. bas fauv.

621. AHMED VASSIF EFENDI. Histoire ottomane (en turc). *Constantinople*, 1219 *de l'hég.*, in-fol. v. br. (*Reliure orientale.*)

622. Tableaux historiques de l'Asie, depuis la monarchie de Cyrus jusqu'à nos jours, par J. Klaproth. *Paris*, 1826, in-4, demi-rel. v.

623. Mémoires relatifs à l'Asie, contenant des recherches historiques, géographiques et philologiques sur les peuples de l'Orient, par M. J. Klaproth. *Paris, Dondey-Dupré*, 1824, in-8, br.

624. Magasin asiatique, ou Revue géographique et historique de l'Asie centrale et septentrionale, publié par Klaproth. *Paris, Dondey-Dupré*, 1835, in-8, figure, broché.

625. De Sacy. Mémoires d'histoire et de littérature orien-
tales. *Paris, Impr. royale*, 1832, in-4, br.

626. Mœurs et usages des Turcs, leur religion, leur gouvernement civil, militaire et politique, avec un abrégé de
l'Histoire ottomane, par Guer. *Paris, Mérigot*, 1747, 2 vol.
in-4, frontisp. fleurons sur titres, nombr. planches, mont.
sur onglets, le tout gravé, v. antiq. marb.

Figures de Boucher.

627. Tableau général de l'Empire ottoman, par M. de M***
d'Ohsson. *Paris, imprimerie de Monsieur*, 1788-1791, 5 vol.
in-8, frontisp. et 9 planches grav. demi-rel. bas. f.

628. Turquie, par MM. Jouannin et J. Van Gaver. *Paris,
Firm.-Didot fr.*, 1840, in-8, 100 planches, demi-rel. bas.
verte.

De la collection de l'*Univers pittoresque*.

629. Histoire de l'empire de Constantinople sous les empereurs françois, par Geoffroy de Ville-Hardouin, avec la
suite de cette histoire jusqu'en 1240, tirée du manuscrit
de Philippe Mouskes (avec observations par Ch. du Fresne
du Cange). *Paris, Imprimerie royale*, 1657, 2 part. en 1 vol.
in-fol. fleur. sur titr. vign. et culs-de-lampe, grav. bas.

Mouillures.

630. Raschid el Tchelebizade. Histoire ottomane (en turc).
Constantinople, 3 tomes en 2 vol. in-fol. (*Reliure orientale.*)

631. Mémoires du baron de Tott sur les Turcs et les Tar-
tares. *Amsterdam*, 1784, 4 vol. in-8, demi-rel. v. granit,
tr. jonq.

632. Histoire de la campagne de Mohacz, par Kemal Pacha
Zadeh, publiée avec la traduction française et des notes
par Pavet de Courteille. *Paris, Impr. impériale*, 1859, gr.
in-8, demi-rel. v. f.

633. Recherches sur la Chronologie arménienne, technique
et historique, ouvrage formant les prolégomènes de la
collection intitulée Bibliothèque historique arménienne,
par M. Édouard Dulaurier. — Tome Ier. Chronologie technique. *Paris, Imprimerie impériale*, 1859, in-4, demi-rel.
v. f.

634. Mémoire de Jean Ouosk'herdjan, prêtre arménien de Wagarchapad, pour servir à l'histoire des évènements d'Arménie et Géorgie de la fin du xviii⁰ et du commencement du xix⁰ siècle, suivi d'inscriptions, traduit de l'arménien à l'aide de Aroutioun Astwatsatour, par J. Klaproth. *Paris*, 1818. — Relation d'un voyage en Europe et dans l'Océan Atlantique à la fin du xv⁰ siècle, par Martyr, traduite de l'arménien et accompagné du texte original par Saint-Martin. *Paris, Dondey-Dupré*, 1827. — Relation des voyages de Sidi-Aly (Katibi-Roumi), amiral de Soliman II, écrite en turk, traduit de l'allemand de M. de Diez par Moris. *Paris, Dondey-Dupré*, 1827. — 3 ouvr. en 1 vol. in-8, demi-rel. v. vert, non rogné.

635. Chronique géorgienne, traduite par M. Brosset jeune. *Paris, Imprimerie royale*, 1830, in-8, demi-rel. v. f. tr. marbr.

    Texte et traduction.

636. Les Migrations des peuples et particulièrement celle des Touraniens, par de Ujfalvy de Mezö-Kövesd. *Paris, Maisonneuve*, 1873, in-8, pap. vél. fig. nombr. cart. lithogr. et teintées, montées sur onglets, demi-rel. chag. viol. tr. jasp.

637. Arabie, par M. Noël Desvergers, avec une carte et note sur cette carte par M. Jomard. *Paris, Didot*, 1847, in-8, texte à 2 col. carte et 44 planch. lithogr. demi-rel. v. brun.

    De la collection de l'*Univers pittoresque*.

638. Histoire des Wahabis, depuis leur origine jusqu'à la fin de 1809, par L.-A. (de Corancez). *De l'imprimerie de Crapelet, à Paris*, 1810, in-8, cart.

639. Histoire des Druses, peuple du Liban, formé par une colonie de François, avec notes, par Puget de Saint-Pierre. *Paris, Cailleau*, 1762, in-12, titre, carte et figures gravés, v. antiq. marbr.

640. Réflexions sur l'origine, l'histoire et la succession des anciens peuples chaldéens, hébreux, phéniciens, égyptiens, grecs, etc., jusqu'à Cyrus, par Fourmont l'aîné, augmenté de la vie de l'auteur. *Paris, de Bure*, 1747, 2 vol. in-4, demi-rel. bas. tr. jasp.

641. Chaldée, Assyrie, Médie, Babylonie, Mésopotamie, Phénicie, Palmyrène, par Ferd. Hœfer. *Paris, Didot*, 1852, 1 vol. — La Perse, par L. Dubeux. *Paris, Didot,*

1841, 1 vol. — Palestine, description historique, géographique et archéologique, par S. Munck. *Paris, Didot,* 1845, 1 vol. — Chine, ou Description historique, géographique et littéraire de ce vaste empire d'après des documents chinois, par MM. Gautier et Bazin. *Paris, Didot,* 1853, 25 vol. — Ensemble, 5 vol. in-8, texte à 2 col. cartes et nombr. planches lithogr. brochés.

642. Histoire de la dynastie des empereurs mogols depuis Timour-Gourkan en 1398 jusqu'à Schah-Alem, en 1760. In-4, cart. soie broch.

> Ce volume est la troisième partie de l'ouvrage.
>
> Il est rédigé en langue persane et a été copié dans les Indes.
>
> Il paraît être une partie de l'ouvrage intitulé *Muntākhab ul-lobāb,* par Khafi-Khan, qui existait dans la bibliothèque de Tippou-Sahib, sultan de Maïssour.

643. Histoire philosophique et politique des établissements et du commerce des Européens dans les deux Indes, par Guillaume-Thomas Raynal. *Genève, chez Jean-Léonard Pellet,* 1780. 5 vol. in-4, dont 1 d'atlas, portrait de l'auteur et 3 *figures de Moreau le jeune,* v. antiq. marbr.

644. Sketches chiefly relating to the history, religion, learning and manners of the Hindoos, with a concise account of the present state of the native powers of Hindostan. *London, Cadell,* 1792, 2 vol. in-8, fleur. grav. sur titres, demi-rel. v. fauv. tr. marbr. (*Thouvenin.*)

645. Histoire générale de l'Inde ancienne et moderne, depuis l'an 2000 avant J.-C., précédée d'une notice historique et de traités spéciaux sur la religion, la littérature, etc., des Hindous, par de Marlès. *Paris, Emler,* 1828, 6 vol. in-8, carte gravée, demi-rel. v. fauve, tr. marbr.

646. Le Moniteur indien, renfermant la description de l'Hindoustan et de ses peuples, etc...., en forme de vocabulaire suivi de l'index, par Dupeuty-Trahan. *Paris, Couet,* 1838, in-8, demi-rel. bas. tr. marbr.

647. L'Inde pittoresque : Madras, Calcutta, Bombay; texte par Urbain, gravures d'après les dessins originaux de Daniell. *Paris, Dauvin et Fontaine,* 1840, 3 vol. gr. in-8, pap. vél. environ 70 gravures sur acier hors texte, maroq. vert, fers spéciaux sur le dos et les plats, tr. dor.

648. Histoire du règne des Pandavas et leurs successeurs dans l'Hindoustan, traduite du texte hindoustani de l'Araïsch-I-Mahfil de Mir Cher-I Ali Afsos, par l'abbé Ber-

trand. (*Paris, Imprimerie royale*, 1844), in-8, demi-rel.
chagr. bleu, tr. jasp.

649. Histoire nouvelle et curieuse des royaumes de Tunquin
et de Lao, traduite de l'italien du P. de Marini, Romain.
A Paris, chez Gervais Clouzier, 1666, in-4, v. gran.

650. La Chine, d'Athanase Kircher, de la compagnie de
Jésus, illustrée de plusieurs monuments tant sacrés que
profanes, et de quantité de recherches de la nature et de
l'art, avec un dictionnaire chinois et français qui n'a pas
encore paru au jour, traduit par F.-S. Dalquié. *A Amsterdam*, 1670, in-fol. planches gravées, v. gran.

651. Histoire de la Chine, traduite du latin, du père Martin
Martini de la Compagnie de Jésus, par l'abbé Le Pelletier.
Paris, Claude Barbin, 1692, 2 vol. in-12, v. marb. ant.

652. Nouveaux Mémoires sur l'état présent de la Chine, par
Le Comte et Le Gobien, de la Compagnie de Jésus. *Paris,
Anisson*, 1701-2, 3 vol. in-12, nombr. fig. grav. bas. tr.
jasp.

653. Yu le Grand et Confucius, histoire chinoise, par M. Clerc.
Soissons, Ponce Courtois, 1769, in-4, v. gr. fil. tr. jasp.

654. De la Chine, ou description générale de cet empire,
rédigée d'après les mémoires de la mission de Pékin, par
l'abbé Grosier. *Paris, Pillet*, 1818-20, 7 vol. in-8, gr.
carte grav. et pliée, demi-rel. bas. viol. fig. tr. jasp.

655. Histoire antédiluvienne de la Chine, par le marquis de
Fortia d'Urban. *Paris, l'Auteur*, 1840, 2 vol. in-12, br.

656. Relation des guerres civiles du Japon. *Amsterdam,
Jordan*, 1722, in-12, v. antiq. marbr.

657. Histoire naturelle, civile et ecclésiastique de l'empire
du Japon, composée en allemand par Engelbert Kæmpfer,
et traduite en françois sur la version angloise de J.-G.
Scheuchzer. *La Haye, Gosse et Neaulme*, 1732, 3 vol. in-12,
nombr. cartes et plans grav. et pliés, v. gr.

658. Mémoires et anecdotes sur la dynastie régnante des
Djoguns, souverains du Japon, avec la description des
fêtes et cérémonies de la cour de ces princes, et détails
sur la poésie des Japonais, etc..., par Titsingh, publié
avec notes par Abel Rémusat. *Paris, Nepveu*, 1820, in-8,
planches grav. demi-rel. bas. tr. jasp.

659. Nipon o daï itsi ran, ou Annales des empereurs du

Japon, traduites par M. Isaac Tittsingh ; ouvrage revu,
complété et corrigé sur l'original japonais-chinois, accompagné de notes, et précédé d'un aperçu de l'histoire mytho-
logique du Japon, par M. J. Klaproth. *Paris, London,*
1834, in-4, demi-rel. v. rouge, tr. marbr.

660. Histoire du Japon, par le père de Charlevoix. *Paris,
Didot,* 1754, 6 vol. in-12, carte et nombr. planches gravées, v. fauv. antiq. dos orné, dent. tr. dor.

661. Égypte ancienne, par M. Champollion-Figeac. *Paris,
Didot,* 1839, in-8. — Égypte, depuis la conquête des
Arabes jusqu'à la domination française, par M. J. Marcel ;
sous la domination française, par M. A. Ryme ; sous la
domination de Méhémet-Aly, par MM. P. et H., 3 parties
en 1 vol. in-8, ens. 2 vol. in-8, texte à 2 col. cartes et
nombr. planches lithogr. demi-rel. v. fauve.
   De la collection de l'*Univers pittoresque.*

662. Egypt's place in universal history : an historical inves-
tigation in five books by Christian C.-J. Bunsen, translated
from the german by Charles H. Cottrell. *London,* 1848,
4 vol. in-8, figures, cart.

663. Jobi Ludolfi Historia Æthiopica, libri quatuor. *Francofurti ad Mænum,* 1681, in-folio v. brun.

664. Étude sur la conquête de l'Afrique par les Arabes et
recherches sur les tribus berbères qui ont occupé le
Maghreb central, par Henri Fournel, *Paris, Impr. impériale,* 1857, 1re partie, in-4, br.

665. Iles de l'Afrique, par M. d'Avezac, avec la collabora-
tion de MM. de Froberville, Fréd. Lacroix, Hœfer, Mac-
Carty, Charlier. *Paris, Didot,* 1848, 4 parties en 1 vol.
in-8, texte à 2 col. 67 planches lithograph. broché.
   De la collection de l'*Univers pittoresque.*

666. Sénégambie et Guinée, par Améd. Tardieu ; Nubie, par
M. Cherubini ; Abyssinie, par MM. Desvergers. *Paris,
Didot,* 1847, 3 part. en 1 vol. in-8, texte à 2 col. cartes et
onmbr. planches lithogr. demi-rel. v. fauve.
   De la collection de l'*Univers pittoresque.*

667. Pierre Martyr. De rebus oceanis et novo orbe decades
tres. — Ejusdem de Babylonica legatione et de rebus
Æthiopicis. *Coloniæ,* 1574, pet. in-8 vélin.
   Exemplaire parfaitement conservé.

668. Description statistique, historique et politique des États-
Unis de l'Amérique septentrionale, depuis l'époque des
premiers établissements jusqu'à nos jours, par D. B. War-
den, ancien consul américain à Paris, édition traduite sur
celle d'Angleterre. *Paris, Rey et Gravier*, 1820, 5 vol. in-
8, cartes, demi-rel. bas. f.

669. Complot d'Arnold et d'Henry Clinton contre les États-
Unis d'Amérique et le général Washington (septembre
1780), par Barbé-Marbois. *Paris, Delaunay*, 1831, in-8,
pap. vél. portr. de Arnold et Washington, par Dusimitien,
gr. par Adam, carte, broché.

670. Histoire de la Louisiane, et de la cession par la France
aux États-Unis de l'Amérique septentrionale, précédée
d'un discours sur ces États-Unis, par Barbé-Marbois. *Paris,
Didot*, 1829, in-8, portr. de l'auteur grav. au trait par
Frémy d'après Robert Lefèvre, carte grav. teintée et pliée,
demi-rel. v. vert, ébarb.

Taches d'humidité.

671. Relation des choses de Yucatan de Diego de Landa,
texte espagnol et traduction française en regard, avec une
grammaire et vocabulaire abrégés français-maya, par
l'abbé Brasseur de Bourbourg. *Paris, Arth. Bertrand*,
1864, gr. in-8, br.

Tiré à petit nombre.

672. Essai sur les institutions politiques, religieuses, écono-
miques et sociales de l'empire des Incas, par Ch. Wiener.
Paris, Maisonneuve, 1874, br. in-4 de 104 pp.

673. Océanie, ou 5ᵉ partie du monde. Revue géographique
et ethnographique de la Malaisie, de la Micronésie, de la
Polynésie et de la Mélanésie, par M. Domeny de Rienzi.
Paris, Didot, 1836-37, 3 vol. in-8, texte à 2 col. 306
planches et 3 cartes lithograph. demi-rel. v. vert.

De la collection de l'*Univers pittoresque*.

BIOGRAPHIE

674. BIOGRAPHIE UNIVERSELLE, ancienne et moderne, ou histoire par ordre alphabétique de la vie de tous les hommes
qui se sont fait remarquer ; ouvrage rédigé par une société
de gens de lettres et de savants. *Paris, Michaud,* 1811-
1752. 85 vol. in-8, demi-rel. v. f. tr. marbr.

> Bel exemplaire, le tome 85 est broché.

675. Dictionnaire historique et critique, par M. Pierre Bayle ;
cinquième édition, revue, corrigée et augmentée, avec la vie
de l'auteur, par M. Des Maizeaux. *Amsterdam, P. Brunel,*
1740, 4 vol. in-fol. v. antiq. marbr.

676. LE GRAND DICTIONNAIRE HISTORIQUE de Moréri, nouvelle
édition dans laquelle on a refondu les suppléments de
l'abbé Goujet, revue et augm. (par Drouet). *Paris, les
libraires associés,* 1759, 10 vol. in-fol. portrait, v. antiq.
marbr.

677. Dictionnaire historique portatif contenant l'histoire des
empereurs, papes, historiens, etc... ; par l'abbé Ladvocat.
Paris, Didot, 1760, 2 vol. in-12, texte à 2 col. v. antiq.
marbr.

678. Biographie universelle, ou Dictionnaire historique contenant la nécrologie des hommes célèbres de tous les
pays, etc..., depuis le commencement du monde jusqu'à
nos jours, par une société de gens de lettres. *Paris, Furne,*
1838 ; 6 vol. in-8, texte à 2 col. nombr. portr. grav. sur
acier, demi-rel. v. viol. n. rog.

679. Dictionnaire historique, ou Biographie universelle des
hommes qui se sont fait un nom par leur génie, leurs talents, leurs vertus, leurs erreurs ou leurs crimes par **F.-X.**
De Feller, continué sous la direction de M. R.-A. Hen-
rion. *Paris, P. Méquignon,* 1832-1835 ; 20 vol. in-8, texte
à 2 col. demi-rel. v. vert, tr. marbr.

680. Dictionnaire biographique universel et pittoresque,
orné de cent vingt portraits imprimés dans le texte. *Paris,
Aimé André,* 1834 ; 4 vol. gr. in-8, texte à deux col. portr.
demi-rel. bas.

681. A classical Dictionary containing a copious account of all the proper names mentioned in ancient authors, with a chronological table, by Lempriere. *London, Cadell,* 1834; fort vol. in-8, texte à 2 col. demi-cartonn. toile bleue, ébarbé.

682. Dictionnaire historique des personnages célèbres de l'antiquité, avec l'étymologie des noms, précédé d'un essai sur les noms propres, par Noël. *Paris, Le Normant,* 1824; in-8, texte à deux col. demi-rel. v. brun, tr. jasp.

683. Dictionnaire classique de l'antiquité sacrée et profane par M. Bouillet. *Paris,* 1828; 2 vol. in-8, texte à 2 col. bas. rac.

684. Les Vies des hommes illustres grecs et romains, comparées par Plutarque de Chæronée, translatées par M. Amyot, avec les vies d'Annibal et de Scipion l'Africain, traduites de latin en français, par Charles de l'Ecluse..... et celles des excellents chefs de guerre. *Paris, Chevalier,* 1604; 2 vol. in-8, portraits gravés en médaillons, v. gran.

Exemplaire court de marges.

685. Les Vies des hommes illustres par Plutarque, traduites en français par Picard. *Paris, Lefebvre,* 1836; 2 vol. in-8, texte à 2 col. demi-rel. maroq. rouge, tr. jasp.

686. Scriptores Vitarum græci minores, edid. A. Westermann. *Brunsvigæ,* 1846, in-8, demi-rel. chag. vert.

687. Cornelius Nepos. De vita excellentium imperatorum (cura et studio Nicolai Lallemant). *Parisiis, Barbou,* 1784, in-12, frontispice gravé, v. marbr. fil. tr. dor.

688. Laertii Diogenis de vitis, dogmatis et apophthegmatis eorum qui in philosophia claruerunt libri (græce et latine), Thoma Aldobrandino interprete. *Romæ,* 1694, in-fol. demi-rel. v.

689. Les Vies des plus illustres philosophes de l'antiquité, traduites du grec de Diogène Laërce, auxquelles on a ajouté la vie de l'auteur, d'Epictète, de Confucius, et un Abrégé historique de la vie des femmes philosophes de l'antiquité (par H.-J. Schneider). *Amsterdam, J.-H. Schneider,* 1758, 3 vol. in-12, frontispices et nombr. portraits gravés, v. fauve antiq.

690. Diogène de Laerte. Vies et doctrines des philosophes de l'antiquité et traduction nouvelle, par M. Ch. Zevort.

Paris, Charpentier, 1847, 2 vol. in-12, demi-rel. chagr,
noir, tr. jasp.

691. NICII Pinacotheca imaginum illustrium doctrina vel
ingenii laude, virorum qui, auctore superstite, diem suum
obierunt. *Coloniæ Agrippinæ*, 1645, pet. in-8, portrait
et titre gravé, mar. r. fleurdelisé. (Rel. anc.)

> Exemplaire dont la reliure est entièrement fleurdelisée. Armoiries
> sur les plats.

692. Biographie moderne, ou Dictionnaire biographique de
tous les hommes morts ou vivants qui ont marqué à la fin
du XVIII siècle et au commencement de celui-ci, par leurs
écrits, leurs rangs, etc. (par Alph. de Beauchamps, Cou-
brières, Jos. Giraud, J. Michaud, de Coiffier, baron de
Verseux, etc...). *Leipzig, Besson*, 1806, 4 vol. in-8, texte
à 2 col. v. racine, fil.

693. Répertoire universel historique, biographique des
femmes célèbres mortes ou vivantes qui se sont fait remarquer dans toutes les nations, par des vertus, du génie.
des écrits, des talents, etc., par une société de gens de
lettres, publiée par L. P. (Louis Prudhomme). *Paris,
Désauges,* 1826, 4 vol. in-8, demi-rel. v. vert, ébarb.

694. Biographie des hommes vivants, ou Histoire par ordre
alphabétique de la vie publique de tous les hommes qui se
sont fait remarquer par leurs actions ou leurs écrits, par
une société de gens de lettres et de savants. *Paris, Michaud,*
1816-19, 5 vol. in-8, texte compact à 2 col. demi-rel. v.
granit, tr. jasp.

695. Martyrologe littéraire, ou Dictionnaire critique de
700 auteurs vivants, par un hermite qui n'est pas mort
(Ménégaut). *Paris, Mathiot*, 1816, in-8, demi-rel. avec
coins, v. rouge, ébarb.

> Exemplaire provenant de la Bibliothèque du roi Louis-Philippe.

696. Annuaire nécrologique, ou Supplément annuel et conti-
nuation de toutes les biographies ou dictionnaires historiques contenant la vie de tous les hommes célèbres par
leurs écrits, etc..., morts chaque année à commencer de
1820, rédigé et publié par Mahul. *Paris, Baudouin,* 1821,
6 vol. (année 1820-25), in-8, texte à 2 col. nombr. portraits, demi-rel. v. granit.

697. Galerie historique des contemporains, ou nouvelle
biographie (par Jullian, Lesbroussart et Van Lennepp).
Bruxelles, Wahlen, 1817-20, 8 vol. in-8, texte à 2 col.
demi rel. v. fauve, n. rog.

698. Supplément à la galerie historique des contemporains, imprimée à Bruxelles de 1817 à 1820, et complément de toutes les autres biographies (par Marie). *Mons, Leroux,* 1826, in-8, texte à 2 col. demi-rel. v. fauve.

699. Biographie nouvelle des contemporains, ou Dictionnaire historique et raisonné de tous les hommes qui, depuis la Révolution française, ont acquis de la célébrité... par MM. A.-V. Arnault, A. Jay, E. Jouy, J. Norvins, etc. *Paris, à la Librairie historique,* 1820-1825, 20 vol. in-8, portraits, v. rac.

700. Biographie des faux prophètes vivants, par une société de gens de lettres. *Paris, Domère,* 1821, in-8, demi-rel. v. bleu, tr. jasp.

701. Biographie universelle et portative des contemporains, ou Dictionnaire historique des hommes vivants et des hommes morts depuis 1788 jusqu'à nos jours, publiée sous la direction de MM. Rabbe, Vieilh de Boisjolin et Sainte-Beuve. *Paris et Strasbourg,* 1834, 5 vol. in-8, texte à 2 col. portraits, demi-rel. v. f. tr. marbr.

702. Biographie des hommes du jour, industriels, militaires, savants, etc., par Germain Sarrut et Saint-Edme. *Paris, Krabe,* 1835 à 1842, 12 parties en 6 vol. in-4, texte à 2 col. portr. de Sarrut et Saint-Edme, nombr. portr. intercal. dans le texte, le tout lithographié, demi-rel. chagr. vert, tr. marbr.

703. Dictionnaire universel des contemporains, par G. Vapereau. *Paris, L. Hachette,* 1861, fort vol. in-8, texte à 2 col. br.

704. Dictionnaire critique de biographie et d'histoire, par Jal. *Paris, Plon,* 1867, gr. in-8, texte à 2 col. cartonné.

705. Biographie étrangère, ou Galerie universelle, historique, civile, militaire, politique et littéraire, contenant les portraits politiques de plus de trois mille personnages célèbres étrangers à la France, etc., par une société de gens de lettres. *Paris, Alexis Eymery,* 1819, 2 vol. in-8, texte à 2 col. bas. tr. jasp.

706. Personnages énigmatiques, histoires mystérieuses, évènements peu ou mal connus, par Frédéric Bulau, traduit de l'allemand par Duckett. *Paris, Malassis et de Broise,* 1861, 3 vol. in-12, demi-rel. maroq. rouge, tr. jasp.

707. Les Vies des hommes illustres de la France, depuis le
commencement de la monarchie jusqu'à présent, par
M. d'Auvigny, continuées par M. Turpin. *Amsterdam et
Paris*, 1767, 24 vol. in-12, v. antiq., tr. marbr.

708. Vies des grands capitaines français du moyen âge, par
Alex. Mazas. *Lyon, Pélagaud*, 1838, 4 vol. in-8, demi-rel.
v. vert, tr. marbr.

709. Jean Gerson, chancelier de Notre-Dame et de l'Uni-
versité de Paris, par Thomassy. *Paris, Debécourt*, 1843,
in-12, demi-rel. v. viol. tr. jasp.

710. Essai sur la vie et les ouvrages d'Étienne Pasquier, par
Léon Feugère. *Paris, Didot*, 1848, in-12, demi-rel. chagr.
violet, tr. jasp.

711. Marguerite d'Angoulême, son livre de dépenses (1540-
1549). Étude sur ses dernières années, par le comte de la
Ferrière-Percy. *Paris, Aubry*, 1862, pet. in-8, demi-rel.
mar. v. tr. sup. dor.

712. Notice sur Brantôme, avec des observations bibliographiques sur les diverses éditions et les manuscrits de ses
ouvrages, suivie d'une partie inédite des œuvres de cet
auteur, tiré du dernier manuscrit autographe (par Monmerqué). *Paris, Foucault*, 1824, in-8, demi-rel. v. bleu,
tr. marbr.

713. Histoire de la vie et des ouvrages de J. de la Fontaine,
par Walckenaer. *Paris, Nepveu*, 1824, fort vol. in-8, portraits de la Fontaine et de Mlle de la Sablière gravés par
Pauquet et Johannot, d'après Lebrun et Colin, fac-simile
d'écriture, demi-rel. v. fauve, tr. marbr.

714. Étude sur la vie et les œuvres de Pellisson, suivie de sa
correspondance inédite, par Marcou. *Paris, Didier*, 1859,
in-8, demi-rel. v. f.

715. Histoire de J.-B. Bossuet, évêque de Meaux, composée
sur les manuscrits originaux, par Fr. de Bausset. *Versailles, Lebel*, 1814, 4 vol. in-8, portr. par Leroux, d'après
Desenne, v. racine, tr. marbr.

716. Histoire de la vie de M. François de Salignac de la
Mothe-Fénelon, archevêque, duc de Cambray (par de
Ramsay). *La Haye, Vaillant*, 1723, in-12, portr. de
Fénélon et vignette gravés, bas. tr. jasp.

717. Histoire de Fénelon, composée sur les manuscrits ori-

ginaux, par M. de Bausset. *Paris, Giguet et Michaud,* 1808, 3 vol. in-8, v. racine, tr. jaspées.

718. Histoire de Fénelon, composée sur les manuscrits originaux, par de Bausset. *Paris, Giguet et Michaud,* 1809, 3 vol. in-8, portr. de Fénelon dessin. et grav. par Delvaux, v. racine, tr. jasp.

719. Mémoires de Ch. Perrault, de l'Académie françoise. *Avignon,* 1759, in-12, demi-rel. mar. r. avec coins, dos orné, fil. non rogné.

720. La Comtesse de Rochefort et ses amis, par Louis de Loménie. *Paris, Michel Lévy,* 1870, in-8, broché.

721. Mémoires sur la vie de Mlle de Lenclos, par M. B***, *Amsterdam,* 1751, in-18, portrait, demi-rel. mar. r.

    L'auteur de ces mémoires est Ant. Bret, le commentateur de Molière.

722. Histoire de Ninon de Lenclos, suivie d'une notice sur Mme Cornuel, avec ses bons mots, recueillis par Quatremère-Roissy. *Paris, Le Normant,* 1824, in-18 cart. n. rogn.

723. Éloges de Mme Geoffrin, par Morellet, Thomas et d'Alembert, suivis de lettres de Mme Geoffrin et à Mme Geoffrin et d'un essai sur la conversation, par Morellet. *Paris, Nicolle,* 1812, in-8, v. fauve antiq. tr. jonq.

724. Éloges lus dans les séances publiques de l'Académie françoise, par d'Alembert. *Paris, Panckouke,* 1779, in-18, v. gran. tr. marbr.

725. Histoire de la vie et des ouvrages de J.-J. Rousseau (par V.-D. Musset-Patay). *Paris, Brière,* 1822, 2 vol. in-8, demi-rel. v. viol. tr. marbr.

726. De mes Rapports avec Jean-Jacques Rousseau et de notre correspondance, suivie d'une notice très-importante, par J. Dusaulx. *Paris, Didot, an VI,* 1798, in-8, demi-rel. bas.

727. Mémoires et Correspondance de madame d'Épinay. *Paris, Volland le jeune,* 1818, 3 vol. in-8, demi-rel. v. vert, tr. marbr.

    Ces Mémoires donnent des détails sur ses liaisons avec Duclos, J.-J. Rousseau, Grimm, Diderot, le baron d'Holbach, Saint-Lambert, Mme d'Houdetot et autres personnes du XVIIIe siècle.

    C'est Parison, ami de J.-Ch. Brunet, qui fut chargé de cette publication.

728. Mémoires de madame d'Épinay, avec des additions, par M. Paul Boiteau. *Paris, Charpentier,* 1865, 2 vol. in-12, demi-rel. v. f.

729. Vie politique, littéraire et morale de Voltaire, par Lepan. *Paris,* 1837, in-8, portr. de Lepan, lithogr. demi-rel. v. fauve, tr. jasp.

730. Lauzun. Mémoires, *Paris,* 1822, in-8, pap. vél. v. f. fil. tr. dor.

> Bel exemplaire.

731. Vie de Dalayrac, contenant la liste complète de ses ouvrages (par R.-C. Guilbert-Pixerécourt). *Paris, Barba,* 1810, in-12, portr. de Dalayrac, grav. par Gauthier, demi-rel. v. granit.

732. Dictionnaire néologique des hommes et des choses, ou Notice alphabétique des hommes de la Révolution, qui ont paru à l'auteur les plus dignes d'attention, etc., par le Cousin Jacques (Louis-Abel Beffroy de Reigny). *Paris, chez Moutardier, s. d. (an VIII),* 3 vol. in-8, demi-rel. bas. rouge, tr. marbr.

> Le Dictionnaire néologique des hommes et des choses, dont les premiers numéros parurent en l'an VIII, est devenu très-rare; la police, qui voulut étouffer ce qui pouvait ranimer les haines politiques, arrêta cette publication à la lettre C. Elle forme trois gros volumes de plus de 500 pages chacun imprimés sur deux colonnes ; ils ont été mis au pilon. (Quérard, *Supercheries.*)

733. Dictionnaire biographique et historique des hommes marquants de la fin du xviii° siècle et plus particulièrement de ceux qui figurent dans la Révolution française, suivi d'un supplément de 4 tableaux des massacres et proscriptions, rédigé par une société de gens de lettres. *Londres,* 1800, 3 vol. in-8, texte à 2 col. v. fauv. fil. dos orné, tr. marbr.

> Ce dictionnaire imprimé à Brunswick a été dirigé par **MM.** La Maisonfort, Coeffier de Verseux et l'abbé de Pradt.

734. Biographie moderne, ou Galerie historique, civile, militaire, politique, littéraire et judiciaire des Français de l'un et de l'autre sexe, morts ou vivants qui se sont rendus célèbres depuis le commencement de la Révolution jusqu'à nos jours. *Paris, Al. Eymery,* 1815-1816, 3 vol. in-8, texte à 2 col. portraits, demi-rel. v. bleu, tr. marbr.

> Étienne Psaume, né à Commercy, le 21 février 1769, mort assassiné, le 28 septembre 1828, avait été le principal rédacteur de cette biographie.

735. Petite Biographie conventionnelle, ou Tableau mora
et raisonné des 749 députés qui composaient l'Assemblée
dite de la Convention... (par Antoine-Joseph Raup de
Baptestein de Moulières). *Paris. Alex. Eymery*, 1815,
in-12, figure, v. demi-rel.

736. Dictionnaire historique de tous les ministres, depuis la
Révolution jusqu'en 1827, par Léonard Gallois. *Paris, Bé-
chet*, 1828, in-8, demi-rel. bas. fauve.

737. Madame Récamier. Les Amis de sa jeunesse et sa correspondance intime (par Mme V^e Ch. Lenormant). *Paris,
Mich. Lévy fr.*, 1872, in-8, demi-rel. chagr. br.

738. Madame la comtesse de Genlis en miniature, ou Abrégé
critique de ses mémoires, par de Sevelinges. *Paris,
Dentu*, 1826, in-8, demi-rel. v. granit, tr. jasp.

739. Notice sur le général Victor-Léopold Berthier (par
Eckard). *Paris, Imprimerie impériale*, 1807, in-4, de 7 pages, texte encadré de fil. rouges, cartonné non rogné.

740. Vie religieuse et politique de Talleyrand-Périgord,
prince de Bénévent, depuis sa naissance jusqu'à sa mort,
par Louis Bastide. *Paris, Faure*, 1839, in-8, 2 portr. li-
thographiés, demi-rel. v. fauve, tr. marbr.

741. A Sketch of the public life of the Duke of Otranto.
Philadelphia, Carey and Son, 1817, pet. in-8, cart. non
rogné.

742. Notice pour servir à la biographie du maréchal comte
de Bourmont, extraite de la Biographie des hommes du
jour, par Germain Sarrut et Saint-Edme. *Paris, Baudouin*, 1842, in-4, portr. du maréchal lithogr. par Car-
rière, demi-rel. v. vert, tr. jasp.

743. Collection de Petites Biographies. *Paris, chez tous les
libraires marchands de nouveauté*, 1826, 20 ouvr. en 7 vol.
in-32, demi-rel. bas. f. tr. jasp.

> 1. Petite Biographie dramatique faite avec adresse par un moucheur
de chandelles.
> 2. Petite Biographie des Quarante de l'Académie française.
> 3. Petite Biographie des rois de France, par Raban.
> 4. Biographie des Dames de la cour et du faubourg Saint-Germain,
par un valet de chambre congédié (Fr.-Eug. Garay de Monglave et E.-
Constant Piton).
>> Ce petit volume, rempli de médisances et de calomnies, fut saisi,
condamné et soigneusement détruit.
> 5. Biographie des Préfets des 87 départements, par un sous-préfet
(E. Marco de Saint-Hilaire).

6. Biographie des Souverains du xixe siècle, par deux rois de la Fève (Ch. Lepage et Paul-Émile Debraux).

7. Nouvelle Biographie critique et anecdotique des contemporains, par Napoléon.

8. Petite Biographie des favoris des rois de France, publiée par Bris-montier.

9. Petite Biographie des conventionnels avec leurs votes dans le procès de Louis XVI, par un jacobin converti.

10. Biographie des maréchaux de France, par M. P. Massey de Tyrone.

11. Biographie pittoresque des Quarante de l'Académie française, par le Portier de la maison.

> L'ouvrage entier est de la composition de M. Garay de Monglave.
> Il a été souvent attribué à Méry et même à Raban.

12. Petite Biographie des gens de lettres vivants.

13. Martyrologe ministériel, ou Biographie des ministres pendus, avec le tableau des ministres à pendre, par un Bourgeois qui n'a jamais flairé de portefeuille.

14. Biographie des journalistes avec la nomenclature de tous les journaux et les mots d'argot de ces messieurs, par une société d'écrivains.

15. Nouvelle Biographie pittoresque des députés de la Chambre Septennale, publiée par M. A. Lagarde.

16. Biographie pittoresque des pairs de France, suivi du recensement des votes pour et contre le droit d'aînesse (par Eugène Garay de Monglave).

17. Biographie indiscrète des publicistes, feuillistes, libellistes, journalistes, etc., du xix^o siècle, par un Journaliste émérite.

18. Biographie des ministres depuis la Restauration, publiée par M. A. Lagarde.

19. Biographie des usurpateurs.

20. Biographie des médecins français vivants et des professeurs des écoles; par un de leurs confrères, docteur en médecine (Morel de Rubenpré).

744. Mes Souvenirs, par Daniel Stern (1806-1833). *Paris, Calmann Lévy*, 1877, in-8, broché.

745. Souvenirs contemporains d'histoire et de littérature, par Villemain. *Paris, Didier*, 1854, in-8, demi-rel. v. violet, tr. jonq.

746. Jal. Souvenirs d'un homme de lettres (1795-1873). *Paris, Léon Techener*, 1877, in-12, br.

747. Mémoires d'un bourgeois de Paris, par le Dr Pierre Véron, comprenant la fin de l'Empire, la Restauration, la monarchie de Juillet et la République jusqu'au rétablissement de l'Empire. *Paris, de Gonet*, 1852-55, 6 vol. in-8, demi-rel. chagr. rouge, tr. marbr.

748. H***. B***., par un des Quarante (Prosper Mérimée), 1864, in-8, front. gravé, demi-rel. mar.

749. Anne-Paule-Dominique de Noailles, marquise de Montagu. *Paris, impr. de Ad. Lainé et J. Havard*, 1864, in-8, demi-rel. chagr. violet.

750. Biographie lyonnaise. — Catalogue des Lyonnais dignes de mémoire, par Bréghot du Lut et Péricaud aîné, publié par la Société littéraire de Lyon. *Paris et Lyon*, 1839, in-8, broch.

751. Biographie des hommes remarquables du département de Seine-et-Oise depuis le commencement de la monarchie jusqu'à ce jour, par Daniel. *Rambouillet, Chaignet*, 1832, in-8, texte à 2 col. demi-rel. v. brun.

752. Mémoires biographiques et littéraires par ordre alphabétique sur les hommes qui se sont fait remarquer dans le département de la Seine-Inférieure, etc., par Ph.-J.-Ét.-V. Guilbert. *Rouen, Mari*, 1812, 2 vol. in-8, demi-rel. v. vert, tr. jasp.

753. Biographie toulousaine, ou Dictionnaire historique des personnages célèbres de la ville de Toulouse, précédé d'un précis de l'histoire de Toulouse, etc....., par une société de gens de lettres (baron de la Mothe-Langon, Laurent Gousse et André du Mège). *Paris, Michaud*, 1823, 2 vol. in-8, texte à 2 col. v. racine, dent. sur les plats, tr. marbr.

754. Les Jurassiens recommandables pour des bienfaits, vertus, services, succès, pour servir à l'histoire des arts en Franche-Comté, par D. Monnier. *Lons-le-Saunier, Gauthier*, 1828, in-8, broché.

755. Biographie historique et généalogique des hommes marquants de l'ancienne province de Lorraine, par Michel. *Nancy, Hissette*, 1829, in-12, frontisp. grav. broché.

756. Biographie de la Moselle, ou Histoire par ordre alphabétique de toutes les personnes remarquables nées dans ce département, qui se sont fait remarquer par leurs actions, etc., par Ém.-Aug. Bégin. *Metz, Verronnais*, 1829, 4 vol. in-8, portraits gravés, demi-rel. v. fauve.

757. Biographie nationale des contemporains, rédigée par une société de gens de lettres sous la direction de Ernest Glæser. *Paris, Glæser*, 1878, in-4, texte à 2 col. demi-rel. v. viol. tr. jasp.

758. The Lives of the most eminent English Poets, with critical observations on their works, by Samuel Johnson, in four volumes. *London*, 1781, *Bathurst, etc....*, 4 vol.

in-8, portr. de Johnson grav. par Trottier d'après Reynolds, v. fauve antiq. fil. tr. jasp.

759. Mémoires de Gibbon, suivis de quelques ouvrages posthumes et de quelques lettres du même auteur, recueillis et publiés par lord Sheffield, traduits de l'anglais (par Marignié). *Paris, an V*, 2 vol. in-8, portrait silhouette de Gibbon, v. antiq. marbr.

760. Essai historique sur les deux Pitt, par le baron Louis de Viel-Castel. *Paris, J. Labitte*, 1846, 2 vol. in-8, br.

761. Biographie liégeoise, ou Précis historique et chronologique de toutes les personnes qui se sont rendues célèbres par leurs talents, leurs vertus ou leurs actions, dans l'ancien diocèse et pays de Liège, etc., par le comte de Becdelièvre. *Liège*, 1836, 2 vol. in-8, demi-rel. v. bleu.

762. Vie du Dante, avec une notice détaillée de ses ouvrages, par M. de Chabanon. *Paris, Lacombe*, 1773, in-8, v. racine, dent. sur les plats, tr. jasp.

763. Jérôme Savonarole, par Perrens. *Paris, Hachette*, 1856, in-12, cartonné.

764. Mémoires de Goldoni pour servir à l'histoire de sa vie et à celle de son théâtre. *Paris, Duchesne*, 1787, 3 vol. in-8, demi-rel. bas. tr. jasp.

765. Daniel Manin, par Henri Martin, précédé d'un Souvenir de Manin, par Ernest Legouvé. *Paris, Furne*, 1859, in-8, portrait, demi-rel. chagr. vert.

766. Mémoires de Goethe, trad. par Henri Richelot. *Paris, Charpentier*, 1834, in-12, demi-rel. v. vert.

767. Vie de Catherine II, impératrice de Russie (par Mlle Désirée de Castera). *Paris, Buisson, an V* (1797), 2 vol. in-8, portraits, v. racine, fil.

768. PEZZL. La Vie du feld-maréchal baron de Loudon, traduite de l'allemand par le baron de Bock. *A Luxembourg*, 1792, pet. in-8, portrait, mar. rouge, fil. tr. dor. (*Reliure ancienne.*)

769. Vie du prince Potemkin, feld-maréchal au service de Russie, sous le règne de Catherine II (par Jeanne Polier, dame de Cérenville; revue par Tranchant de Laverne). *Paris, Nicolle*, 1808. — Vie du comte de Munich, général feld-maréchal au service de Russie, traduit de l'allemand

de De Halem (par le baron Bourgoing). *Paris, Nicolle,* 1807. 2 ouvrages en 1 vol. in-8, portr. du comte de Munich grav. par Maradan, demi-rel. v. granit av. coins parchemin, tr. jonq.

770. Vie de Mohammed, texte arabe d'Aboul' Feda, avec traduction française et notes par Noël des Vergers. *Paris, Imprimerie royale,* 1837, 2 part. en 1 vol. in-8, demi-rel. ébar. tr. jasp.

BIBLIOGRAPHIE

IMPRIMERIE

771. Manuel typographique utile aux gens de lettres et à ceux qui exercent l'art de l'imprimerie, par Fournier le jeune. *Paris, chez l'auteur,* 1764-1766, 2 vol. in-12, frontispices gravés, nombr. planches de figures, cartonn. ébarbé.

772. Traité de la typographie, par Henri Fournier, imprimeur. *Paris, impr. H. Fournier,* 1825, in-8, demi-rel. v. f. tr. marbr.

773. Origine de l'imprimerie, d'après les titres authentiques, l'opinion de M. Daunou et celle de M. Van Praet, suivie des établissements de cet art et de l'histoire de la stéréotypie, par Lambinet. *Paris, Nicolle,* 1810, 2 vol. in-8, portrait et culs-de-lampe gravés, broché.

774. Essai sur la typographie, par Ambr.-Firm. Didot. *Paris, Didot,* 1851. — Essai historique sur l'Imprimerie nationale et ses types, par F.-A. Duprat. *Paris, Duprat,* 1848. — 2 ouvr. en 1 vol. in-8, fig. demi-rel. v. fauv. tr. jasp.

775. Die Druckorte des XV Jahrhunderts und die Erzeugnisse ihrer erstjährigen typographischen Wirksamkeit, etc...., von P. Gottfried Reichart. *Augsburg,* 1853, br. in-4.

Impressions du **XV**ᵉ siècle.

776. Annales Hebræo-Typographici sec. xv. Descripsit
fusoque commentario illustravit Joh. Bernardus de Rossi.
Parmæ, ex regio typographeo, 1795, in-4, texte à 2 col.
v. écaille tr. marbr.

777. Alde Manuce et l'Hellénisme à Venise, par Ambroise
Firmin-Didot. *Paris, chez l'auteur*, 1875, in-8, portrait
de Manuce, planches et fac-similés sur chine, broché.

778. Annales de l'imprimerie des Elzevier, ou Histoire de
leur famille et de leurs éditions, par Ch. Pieters, seconde
édition. *Gand, Annoot-Bræckmann*, 1858, in-8, demi-rel.
cuir de R. avec coins, tête dor. ébarbé.

> Exemplaire fatigué, avec de nombreuses annotations manuscrites. On
> a joint les additions et corrections publiées par l'auteur en 1860, br.
> in-8.

BIBLIOGRAPHIE GÉNÉRALE

779. Traité des plus belles bibliothèques de l'Europe, des
premiers livres, de l'invention de l'Imprimerie, avec une
méthode pour dresser une bibliothèque, par Le Gallois.
Paris, Michallet, 1685, pet. in-12, cartonné, tr. jasp.

780. Dissertation sur les bibliothèques, avec une table des
ouvrages et des catalogues de plusieurs cabinets de
France et de l'étranger. — Table alphabétique des dictionnaires en toutes sortes de langues et sur toutes sortes de
sciences et d'art (le tout par Durey de Noinville). *Paris,
Schaubert*, 1758, 2 ouvr. en 1 vol. in-12, v. antiq. marbré.

781. Bibliothéconomie. Instructions sur l'arrangement, la
conservation et l'administration des bibliothèques, par
A. Constantin. *Paris, Techener*, 1839, in-12, planches, cartonné, non rogné.

782. Essai historique sur la bibliothèque du Roi et sur chacun des dépôts qui la composent (par N.-T. Leprince).
Paris, Belin, 1782, in-18, v. granit.

783. Les Cent et une Lettres bibliographiques à l'adminis-
trateur général de la Bibliothèque nationale, par Paul Lacroix, 1re série. *Paris, Paulin*, 1849. — Une Lettre inédite
de Montaigne, avec recherches à son sujet, précédée d'un
avertissement et détails sur les soustractions de manuscrits à la Bibliothèque nationale, par Jubinal. *Paris, Di-*

dron, 1850. — Encore une lettre inédite de Montaigne, avec une lettre à M. Jubinal sur les manuscrits soustraits à la Bibliothèque nationale, par Lepelle de Bois-Gallais. *Londres, Barthès et Lowel*, 1850. — 3 ouvr. en 1 vol. in-8, 4 fac-similés d'écriture, v. bleu, tr. jasp.

784. Affaire Libri : Réponse de M. Libri au rapport de M. Boucly publié dans le Moniteur universel du 19 mars 1848. *Paris*, 1848. — Lettre à M. de Falloux, contenant le récit d'une odieuse persécution et le jugement porté sur cette persécution, suivie d'un grand nombre de documents, par G. Libri. *Paris, Paulin*, 1849. — Lettre à M. Naudet, en réponse à sa lettre à M. Libri, par Cretaine. *Paris, Durand*, 1849. — Lettre de M. Libri à Barthélemy-Saint-Hilaire. *Londres, Barthès et Lowel*, 1850.— Lettre de M. Libri au président de l'Institut de France, *Londres, Barthès et Lowel*, 1850.—Mémoire sur la persécution qu'on fait à M. Libri, par Ranieri Lamporecchi, accompagné d'adhésions et d'une lettre du chevalier Del Rosso. *Londres, Barthès et Lowel*, 1850. — 6 pièces réunies en 1 vol. in-8, demi-rel. v. granit, tr. jasp.

785. Répertoire de librairie, précédé d'un coup d'œil sur la librairie française, par Ravier, libraire. *Paris, Crapart*, 1807, in-8, demi-rel. v. bleu.

786. Mémoires sur la librairie et sur la liberté de la presse, par M. de Lamoignon de Malesherbes. *Paris, H. Agasse*, 1809, in-8, demi-rel. v. br.

787. Manuel du Bibliophile, ou Traité du choix des livres, par Gabriel Peignot. *Dijon, Lagier*, 1823, 2 vol. in-8, demi-rel. v. bleu, tr. jasp.

788. Le Mirouer du bibliophile parisien, où se voyent au vray le naturel, les ruses et les joyeulx esbattements des fureteurs de vielz letres (par Bonnardot). *Paris, Guiraudet et Jouaust*, 1848, in-16 de 93 pages, broché.

> Tiré à très-petit nombre, devenu rare.

789. FERTIAULT. Les Amoureux du Livre; sonnets d'un bibliophile. Notes et anecdotes. *Paris, Claudin*, 1877, in-8 et 16 eaux-fortes in-4.

> Premières épreuves, *avant la lettre*, sur papier fort du Japon.

790. La Bibliomanie en 1878. Bibliographie rétrospective, par Philomneste Junior (Gustave Brunet). *Bruxelles, Gay*, 1878, in-12 br.

791. Octave Uzanne. Caprices d'un bibliophile. *Paris*, 1878, in-12 br.

Eau-forte par Lalause.

792. L'Art de la reliure en France aux derniers siècles, par Ed. Fournier. *Paris, Gay*, 1864, in-12, demi-rel. v. v.

793. Theophili Georgii, Buchhändlers in Leipsig, allgemeines europäisches Bücher-Lexicon, in welchem nach Ordnung des Dictionarii die allermeisten Autores oder Gattungen von Bücher zu finden... welche noch vor dem Anfange des xvi seculi bis 1739 incl. sind geschrieben und gedruckt worden. *Leipsig*, 1742, 6 vol. in-fol. demi-rel. non rog.

794. Dictionnaire typographique, historique et critique des livres rares, singuliers, estimés et recherchés, par J.-R.-L. Osmont. *Paris, Lacombe*, 1768, 2 vol. in-8, v. antiq. marbré.

Exemplaire couvert de notes manuscrites de la main de M. de Romé de l'Isle, habile naturaliste.

795. Bibliographie instructive, ou Traité de la Connaissance des livres rares et singuliers, disposé par ordre de matières et avec tables, par G.-F. de Bure. *Paris, de Bure le jeune*, 1764-68. 7 vol. in-8, v. antiq. marbr.

796. Bibliographical Dictionary containing important Books in all departements of literature, including edition of Harwood's view of the classics ; added an essay on Bibliography. *Liverpool, Mettal*, 1802, 3 vol. in-12, v. racine, dent. sur les plats, tr marbr.

797. Répertoire bibliographique universel, par Gabriel Peignot. *Paris, Renouard*, 1812, in-8, demi-rel. v. vert.

798. Allgemeines bibliographisches Lexikon, von Friedrich Adolf Ebert. *Leipsig, F.-A. Brockaus*, 1821, 2 vol. in-4, texte à 2 col. demi-rel. v. vert.

799. MANUEL DU LIBRAIRE et de l'amateur de livres, par Jacq.-Ch. Brunet. *Paris, Firmin-Didot fr.*, 1860-1865, 6 vol. gr. in-8, texte à 2 col. demi-rel. mar. la Vall. tr. jasp.

Dernière édition, rare.

800. Recherches bibliographiques et critiques sur les éditions originales des 5 livres du roman satirique de Rabelais, particulièrement sur le Pantagruel et le Gargantua, avec le texte original des Grandes et inestimables Croniques

de Gargantua, par J.-C. Brunet. *Paris, Potier*, 1852, in-8,
demi-rel. v. bleu.

801. Dictionnaire critique, littéraire et biographique, des
principaux livres condamnés au feu, supprimés ou censu-
rés, précédé d'un discours sur ces sortes d'ouvrages, par
G. Peignot. *Paris, A. Renouard*, 1806, 2 vol. in-8, bas. rac.
Rare.

802. Le Quérard. Archives d'histoire littéraire, de biographie
et de bibliographie française, complément de la France
littéraire. *Paris, au bureau du journal*, 1855-56, 2 vol.
in-8 brochés.

803. Auteurs déguisez sous des noms étrangers, empruntez,
etc... (par Baillet). *Paris, Dezallier*, 1690, in-12 bas.

804. Vincentii Placcii Theatrum anonymorum et pseudonymorum, cum præfat. Jo. Alb. Fabricii. *Hamburgi*, 1708,
2 vol. in-fol. frontispice gravé, demi-rel. bas. rouge n.
rog. — Joh. Christ. Mylii Bibliotheca anonymorum et
pseudonymorum directorum, ad supplendum et conti-
nuendum Vinc. Placcii Theatrum, etc. *Hamburgi*, 1740, in-
fol, demi-rel. bas. n. rog. ens. 3 vol.

805. Dictionnaire des ouvrages anonymes et pseudonymes,
par M. Barbier. *Paris, Barrois l'aîné*, 1822-1827, 4 vol. —
Nouveau recueil d'ouvrages anonymes et pseudonymes,
par M. de Manne. *Paris, Gide*, 1834, 1 vol. ens. 5 vol.
in-8, demi-rel. bas. f.

806. Nouveau Dictionnaire des ouvrages anonymes et pseudonymes, la plupart contemporains, par de Manne. *Lyon,
Scheuring*, 1862, in-8, texte à 2 col. broché.

BIBLIOGRAPHIES SPÉCIALES

807. Les Supercheries littéraires dévoilées. Galerie des auteurs
apocryphes supposés, déguisés, plagiaires et des éditeurs
infidèles de la littérature française, pendant les quatre derniers siècles, par Quérard. *Paris, l'Editeur*, 1847, 5 vol.
In-8, demi-rel. v. fauve.
Le tome V contient la table aphabétique des véritables noms des
auteurs cités dans cet ouvrage.

808. Jo. Alberti Fabricii Bibliotheca latina mediæ et infimæ
ætatis, accedunt Wipponis, Presb., proverbia ad Henricum

Conradi Imp. filium. *Hamburgi, Vidua Felguieria*, 1734-35, 3 vol. in-12, fleur. grav. sur titres, v. antiq. marbr.

809. Répertoire de bibliographies spéciales, curieuses et instructives, par Peignot. *Paris, Renouard,* 1810. — Manuel bibliographique, avec notices instructives et curieuses, par le même. *Paris, Villier, an IX* (1800). — Traité du choix des livres, par le même. *Paris, Renouard,* 1817. — Ens. 3 ouvrages en 1 vol. in-8, demi-rel. v. brun, tr. marbr.

810. Catalogue des ouvrages mis à l'index. *Paris, Beaucé-Rusaud,* 1825, pet. in-8, demi-rel. v. bleu, tr. marbr.

811. Lettres d'un Bibliographe (par J.-P.-A. Madden). *Paris, Tross,* 1868, *et Le Roux,* 1878, 4 vol. in-8 et atlas in-4, br·

812. Dictionnaire des livres jansénistes, ou qui favorisent le jansénisme (par le P. Dominique de Colonia, augmenté par le P. Louis Patouillet). *Anvers, Verdussen,* 1755, 4 vol. in-12, frontispice grav. v. marbr. tr. jasp.

813. La Littérature française contemporaine, XIXe siècle, accompagné de notes biographiques et littéraires, par MM. Charles Louandre et Félix Bourquelot. *Paris, Daguin fr.,* 1842-1857, 6 vol. in-8, br.

Rare. Bel exemplaire.

814. Bibliographie historique de la ville de Lyon, pendant la Révolution française, contenant la nomenclature, par ordre chronologique, des ouvrages publiés en France ou à l'étranger, et relatifs à l'histoire de cette ville, par M. Gonon. *Lyon,* 1844, gr. in-8, demi-rel. v. br. tr. jasp.

815. Bibliographie parémiologique. Études bibliographiques et littéraires, sur les ouvrages consacrés aux proverbes dans toutes les langues, par M. Duplessis. *Paris, Potier,* 1847, in-8, demi-rel. v. fauve.

816. Bibliographie des Mazarinades, publiée pour la Société de l'Histoire de France, par C. Moreau. *Paris, Jules Renouard,* 1850-1851, 3 vol. in-8, demi-rel. v. viol. tr. jasp.

817. Description historique et bibliographique de la collection de feu le comte de la Bédoyère, sur la Révolution française, l'Empire et la Restauration, rédigée par France. *Paris, France,* 1862, in-8, portrait. broché.

818. Analyse et conclusion. Récapitulation des ouvrages

publiés par Thomas Brunton, ingénieur. *Paris, Ch. Ma-réchal*, 1875, gr. in-8, papier vélin cart., n. rog.

819. Notices et extraits, de quelques ouvrages écrits en patois du Midi de la France. Variétés bibliographiques (par Gust. Brunet). *Paris, Lebux*, 1840, in-12, demi-rel. v. fauve.

820. Repertorium über die allgemeinern deutschen Journale und andern periodische Sammlungen ; von Joh. S. Ersch. *Semgo*, 1790-1792, 3 tomes en 2 vol. In-8, demi-rel. bas.

821. Notizia de' libri rari nella lingua italiana (autore N. Haym). *In Londra, Tonson*, 1726, in-8, demi-rel. v. brun.

822. Bibliotheca Italiana, ossia notizia de' Libri rari Italiani divisa in quattro parti, cioè Istoria, Poesia, Prose, Arti e Scienze, già compilata da Niccolo Francesco Haym. *Milano*, 1803, 4 tomes en vol. in-8, demi-rel. v. f. tr. jasp.

823. Bibliografia dei Romanzi e poemi cavallereschi Italiani. *Milano, Tosi*, 1838. — Fac-simile di alcune imprese di Stampatori Italiani dei Secoli XV e XVI. *Milano, Tosi*, 1838, 2 part. en 1 vol. gr. in-8, pap. vélin, portraits et 25 planches gravées, cartonné non rogné.

   Envoi autographe de l'éditeur à M. De Bure.

824. Biblioteca della eloquenza Italiana di monsignor Augusto Fontanini, arcivescovo d'Ancira. Libri tre. *In Venezia, Christoforo Zane*, 1737, in-4, deux portr. de Fontanini et Lorenzo Tiepolo, gravés, cartonn. non rognés.

825. Dissertion sur l'Alcibiade « Fanciullo a Scola », traduite de l'italien de Giamb. Baseggio, avec note et postface (par Gust. Brunet). *Paris, Gay*, 1861, in-12, broché, papier de Hollande.

   Tiré à petit nombre.

826. Serie degli scritti impresi in dialetto Veneziano, compilata ed illustrata da Bartolommeo Gamba, giuntevi alcune odi di Orazio tradolte da Pietro Bussolin. *Venezia, Alviso-poli*, 1832, in-12, demi-rel. chagr. vert.

827. Delle Novelle italiane in prosa, bibliografia di Bartolomeo Gamba. *Firenze, tipografia all'insegna di Dante*, 1835, in-8, portraits gravés, demi-rel. v. fauve.

CATALOGUES DE MANUSCRITS OU DE LIVRES
IMPRIMÉS

828. Bibliotheca Telleriana, sive catalogus librorum biblio-
thecæ Caroli Mauritii Le Tellier, archiepiscopi ducis
Remensis. *Parisiis, e Typographia regia*, 1693, in-fol., texte
à 2 colonnes, portrait de Le Tellier, par Edelynck, d'après
Mignard, vignette, v. granit.

> Le rédacteur de ce catalogue est Philippe Dubois, bibliothécaire de
> Le Tellier, docteur de la Faculté de Théologie de Paris, chanoine de
> Saint-Étienne-des-Grès.
> Le dos et les angles des plats de la reliure portent deux masses croisées
> et des coquilles (armoiries du chancelier d'Aguesseau).

829. Bibliotheca Coisliniana olim Segueriana, sive descrip-
tio omnium manuscriptorum qui ad Palæographiam
græcam pertinent; accedunt anecdota Bernardi de Mont-
faucon. *Parisiis, Guérin*, 1715, in-fol. une planche de fac-
similés, demi-cartonn. bas. non rogné.

830. Catalogue des livres de la Bibliothèque publique fon-
dée par M. Prousteau, professeur en droit dans l'Univer-
sité d'Orléans. *Paris, Orléans*, 1777, in-4, br.

831. Description des manuscrits français du moyen âge de
la Bibliothèque royale de Copenhague, précédée d'une notice historique sur cette bibliothèque, par N.-C.-L. Abra-
hams. *Copenhague*, 1844, in.4, 3 planches de fac-similés,
demi-rel. chagr. bleu, tr. jasp.

832. Catalogue raisonné des manuscrits éthiopiens apparte-
nant à Antoine d'Abbadie. *Paris, Imprimerie impériale*,
1869, in-4, demi-rel. v. f. tr. jasp.

833. Catalogue des livres de la bibliothèque du Conseil
d'État (par A.-A. Barbier). *Paris, imprimerie de la République, an XI*, 2 tom. en 1 vol. pet. in-fol. fleuron sur le
titre, cartonné.

> Exemplaire non rogné, très-grand de marges.

834. Catalogue général des livres composant les bibliothèques du département de la Marine et des Colonies, rédigé
par M. Bajot, conservateur, M. Solvet, etc. *Paris, Imprimerie royale*, 1838 à 1843, 5 vol. gr. in-8, demi-rel. v.
violet, tr. jasp.

> Description par ordre de matières de 17,108 ouvrages. Le tome V
> contient la table alphabétique par noms d'auteur et par titres d'ou-
> vrages anonymes.

835. Les Ventes de tableaux, dessins, estampes et objets
d'art aux XVII⁰ et XVIII⁰ siècles (1611-1800). Bibliographie
par Georges Duples .s. *Paris, Rapilly*, 1874, in-8 broché.

836. Catalogue des livres de feu M. l'abbé d'Orléans de Ro-
thelin, par G. Martin. *Paris, Gabr. Martin*, 1746, in-8, v.
antiq. marbr.

> Exemplaire avec les prix mis à l'encre et une table des auteurs.
> Catalogue très-estimé, contenant 5,036 articles. On y trouve des no-
> tices sur deux précieux manuscrits et sur la collection des voyages, par
> de Bry.

837. Catalogue des livres du cabinet de M. de Boze. *Paris,
Martin*, 1753, in-8, v. antiq. marbr. fil.

> Exemplaire avec les prix d'adjudication mis à l'encre.
> Une des plus belles bibliothèques du XVIII⁰ siècle. Elle fut acquise en
> bloc par de Cotte et Boutin, qui se la partagèrent après avoir cédé à
> Gaignat les éditions du XV⁰ siècle les plus précieuses.

838. Catalogue des livres de la bibliothèque de la marquise
de Pompadour. *Paris, Hérissant*, 1765, in-8, v. antiq.
marbr.

> Exemplaire avec les prix d'adjudication mis à l'encre.
> Catalogue très-recherché; il contient 3,525 articles de livres, 235 de
> musique et 36 d'estampes.

839. Catalogue des livres imprimés et manuscrits de M. le
comte de Pont-de-Vesle. *Paris, Leclerc*, 1774, 2 part. en
1 vol. in-8, demi-rel. bas.

840. CATALOGUE raisonné de la collection de livres de
M. Pierre-Antoine Crevenna. *Amstelodami*, 1775 et 1776,
6 vol. in-4, fleuron sur le titre gravé par Schley, v. antiq.
marbré, dos orné dent. (*Reliure hollandaise.*)

> Catalogue curieux, dont le 5ᵉ volume contient diverses lettres inédites
> d'hommes célèbres du XVIᵉ et du XVII⁰ siècle.
> Un des rares exemplaires sur PAPIER DE HOLLANDE.

841. Extrait de l'inventaire des meubles et effets du sieur
Simon-Jude-François Délézenne. *Lille*, 1779, 2 vol. in-8,
cartonnés, non rognés.

> Estampes et livres.

842. Catalogue des livres en très-petit nombre qui composent la bibliothèque de M. Mérard de Saint-Just, ancien
maître-d'hôtel de Monsieur, frère du Roi. *Paris, Didot*,
1783, in-18 broché.

> Tiré à 25 exemplaires. Rare.

843. A Catalogue of the curious and distinguished library

of the late Reverend Thomas Crofts, chancellor of the Dio-
cese Peterborough; by Paterson. *London*, 1783, grand in-8,
demi-rel. bas.

844. Catalogue de la bibliothèque d'un amateur, avec notes
bibliographiques, critiques et littéraires (par A.-A. Renouard). *Paris, Renouard*, 1819, 4 vol. in-8, demi-rel. v.
marbr. ir. jasp.

> En tête du tome Ier on a joint une lettre autographe signée de M. A.
> Renouard.

845. Catalogue d'une partie des livres rares, singuliers et
précieux, dépendant de la bibliothèque de M. Ch. Nodier.
Paris, Merlin, 1827. — Catalogue des livres curieux, rares
et précieux (du même). *Paris, Merlin*, 1829. — Catalogue
(du même). *Paris, J. Techener*, 1844, ens. 3 cat. reliés
en 1 vol. in-8, demi-rel. chagr. vert, non rognés.

> Ces 3 catalogues ont les prix d'adjudication mis à l'encre.

846. Mélanges tirés d'une petite bibliothèque, ou Variétés
littéraires et philosophiques, par Ch. Nodier. *Paris, Crapelet*, 1829, in-8, demi-rel. chagr. vert, tr. marbr.

847. Description raisonnée d'une jolie collection de livres,
par Charles Nodier, introduction par Duplessis ; vie de
Ch. Nodier, par Fr. Wey, et notice sur ses ouvrages. *Paris, Techener*, 1744, in-8, demi-rel. v. brun.

> En tête de cet exemplaire se trouvent ajoutées 2 lettres autographes si-
> gnées de M. Ch. Nodier. Dans la 1re, Ch. Nodier se recommande à M. le
> duc d'Otrante, en lui exprimant sa reconnaissance de l'intérêt qu'il lui a
> témoigné (juillet 1815).

848. Catalogues de livres composant les bibliothèques parti-
culières d'amateurs. Ens. 7 vol. ou brochures.

> Catalogue du duc de Rivoli. Histoire naturelle. 1830, papier de Hol-
> lande. — Viollet-le-Duc. Première partie, poésie. *Paris, P. Jannet*,
> 1849, papier de Hollande (prix à l'encre). — Louis-Philippe. Bibliothè-
> ques du Palais-Royal et de Neuilly. 1852 (prix à l'encre). — Léopold
> Double. *Paris, Techener*, 1863 (prix à l'encre). — Sainte-Beuve, 1870,
> 2 parties (prix). — Catalogue des livres du fonds de librairie de Guilbert.
> 1854, prix.

849. Catalogue des livres imprimés, manuscrits, estampes,
dessins et cartes à jouer, composant la bibliothèque de
M. C. Leber, avec des notes par le collecteur. *Paris,
Techener*, 1839, 4 vol. in-8, avec fac-similés, demi-rel. v.
brun, tr. jasp.

> Exemplaire avec un envoi et une lettre autographe signée de M. C.
> Leber et adressée à M. Walckenaer.

850. Bibliothèque de M. le baron Silvestre de Sacy. *Paris, Imprimerie royale*, 1842-1847, 3 vol. in-8, demi-rel. v. tr. jasp.

> Véritable bibliographie de la littérature orientale, et particulièrement des langues hébraïque, arabe et persane. Les titres des livres y sont rendus avec une grande exactitude, et plusieurs sont accompagnés de notes fort intéressantes. Les notices des manuscrits sont dues à feu M. Grangeret de la Grange, orientaliste distingué.

851. Catalogue de la bibliothèque de M. L*** (Libri). *Paris, Silvestre et Jannet*, 1847, in-8, demi-rel. v. fauv. tr. jasp.

> Ce catalogue contient 3,025 articles. Le total du produit de cette vente s'est monté à 105,257 fr., non compris 10 pour cent qu'ont dû payer les acquéreurs.
> Exemplaire avec les prix d'adjudication mis en marge et à l'encre.

852. Catalogue De Bure, *Paris, Potier*, 1853. — Catalogue Walckenaer. *Paris, Potier*, 1853. — 2 vol. in-8, demi-rel. v. gris, tr. jasp.

853. Catalogue à prix marqués de la librairie ancienne et autographes de Charavay. *Paris*, de novembre 1845 à décembre 1858. 100 bulletins (n° 1 à 100) brochés en 1 vol. in-8.

> Cette collection est curieuse à cause des renseignements qu'elle contient et qu'on chercherait vainement ailleurs.
> Un des six exemplaires tirés sur papier fort.

854. Bulletin du bouquiniste, publié par Auguste Aubry, libraire. *Paris, Auguste Aubry*, 1857-1861, 10 vol. in-8, br.

> Les cinq premières années.

855. Bulletin mensuel des publications étrangères reçues par le département des imprimés de la Bibliothèque nationale. *Paris, C. Klincksieck, Paris*, 1877-1878, 2 vol. in-8 br.

> Première et deuxième années.

856. Bulletin du bibliophile, revue mensuelle. *Paris, J. Techener*, 1856-1869, en fascicules in-8.

> Manquent la livraison de mars 1756, l'année 1857, la livraison de mai 1863 et celle d'octobre 1868.

Paris. — Typ. G. Chamerot, 19, rue des Saints-Pères. — 11792.